穿越回古代,与李白、杜甫们一起刷

那些刷爆朋友圈的古诗词

②

谢沐希 黎超然 著　Gwemo鸡毛 绘

李清照:转群!

孟浩然:约吗?

李白:发福利!

王维:互粉吧!

杜甫:求赞!

南方出版传媒　花城出版社　中国·广州

图书在版编目（CIP）数据

那些刷爆朋友圈的古诗词.2／谢沐希，黎超然著；Gwemo鸡毛绘．--广州：花城出版社，2020.9
ISBN 978-7-5360-9193-1

Ⅰ．①那… Ⅱ．①谢… ②黎… ③G… Ⅲ．①古典诗歌—诗歌欣赏—中国 Ⅳ．①I207.2

中国版本图书馆CIP数据核字(2020)第140326号

出 版 人：	肖延兵
策　　划：	陈宾杰　谢 蔚
责任编辑：	陈宾杰　钟毓斐
技术编辑：	薛伟民　凌春梅
装帧设计：	李玉玺

书　　名	那些刷爆朋友圈的古诗词.2	
	NAXIE SHUABAO PENGYOUQUAN DE GUSHICI.2	
出版发行	花城出版社	
	（广州市环市东路水荫路11号）	
经　　销	全国新华书店	
印　　刷	深圳市福圣印刷有限公司	
	（深圳市龙华区龙华街道龙苑大道联华工业区）	
开　　本	889毫米×1194毫米 32开	
印　　张	10.125	
字　　数	227,000字	
版　　次	2020年9月第1版　2020年9月第1次印刷	
定　　价	49.80元	

如发现印装质量问题，请直接与印刷厂联系调换。
购书热线：020-37604658　37602954
花城出版社网站：http://www.fcph.com.cn

作　者

谢沐希　编辑、专业配音员、儿童故事演播人（主播名大力啤啤），已演播了三百多个儿童故事，故事在懒人听书的收听量过百万。

黎超然　专业配音员、配音导演，广州电台文史、诗词节目主持人。

插画师

Gwemo 鸡毛　国内著名漫画家，兼编剧、配音员、动画导演、游戏设计师。
代表作之一本格推理漫画《抽筋神探》被日本增田漫画美术馆永久收藏。

主要作品：《岁晚英雄》《7觞》《床下男女》《抽筋神探》《噩梦游戏》等。

声演团队

Eng 咕咕　专业创作及声演团队。十几年来，曾演绎众多影视剧、广播剧、有声书读物及主持诗词类节目。

语文顾问

李璐华　东山培正小学高级教师，从事小学语文教育三十多年，一直致力于在语文课堂中弘扬中华传统文化的教学与研究。执教课例《保护长城》获教育部 2018 年度"一师一优课，一课一名师"活动"优课"。

出版前言

本书虚构了一个穿越时空、生动好玩的诗词世界。

苦学诗词而不得其法的包仔,遇上了一只神奇的机器鸟咕咕。咕咕变成一部可穿越时空的平板电脑,带着包仔混进了古代诗人的朋友圈。在圈里,包仔、咕咕与各朝各代的诗人、诗人粉丝以及评论家们群聊互动,大长见识。包仔的诗词学习,从此像开挂了一样!

本丛书一套 3 册,共收录了中小学生必读的 170 首古诗词,本册收录了 58 首。本书以史实及诗词知识为依据,加以虚构与想象,以朋友圈的形式联通古今,展现了丰富而有趣的诗词世界,为中小学生提供一套诗词趣味读本。

每首诗按**发朋友圈**、**搜一搜**、**附近的人**、**群聊和私聊**、**意象详解**、**音频**的顺序排序。每一版块的内容如下:

◀ - - - - **发朋友圈**
以诗人发朋友圈的方式展现诗歌,100% 还原诗人创作现场。

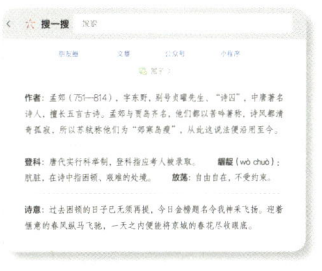

搜一搜
介绍诗人生平,对重点词语进行注释,白话意译全诗。

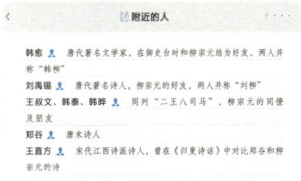

附近的人
介绍与诗人有关的亲友、粉丝、后世评论家。

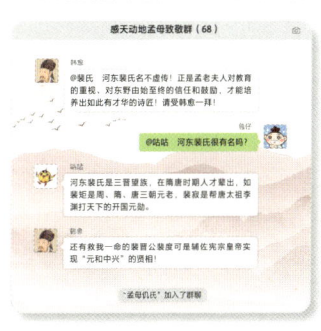

群聊和私聊
包仔、咕咕与诗人们交流诗词知识,包括创作背景、诗词赏析、诗人际遇乃至生活八卦,亦有诗词相关的传说、民俗,林林总总,好玩、有趣、有料!

意象详解
重点解读诗词中出现的高频词语,让读者触类旁通、举一反三。

音频
全书情景式配音,阅读+收听,真实体验古代诗坛生态。
扫右边二维码,会有更多惊喜哦!

语音版二维码

小伙伴们,让我们开始一场奇妙的诗词之旅吧!

003

编写说明

本书力求体例统一,但为还原朋友圈各种界面的真实感,同时兼顾内容的实际情况,会有一些变通的处理,具体如下:

1. "全网广播""朋友的新动态",视每首诗的需要而设置,有些诗也可能两项都没有。

2. 发朋友圈的时间与地点,有些诗标明了,有些诗没标明(史实不可考)。@ 提醒谁看,用绿色的字标明;不让谁看,用红色的字标明。

3. 朋友圈点赞与回复的人,如果早于诗人所处的时代,在其名字后加上 ;如果晚于诗人所处的时代,则加上 ,以示区别。

4. "附近的人"的头像, 代表男性, 代表女性。

5. "群聊"里,每位诗人在同一群里的昵称是统一的,但为了突出每一个群的特点及诗人的个性,同一位诗人在不同的群聊和朋友圈里,其昵称不做硬性的统一。

6. 本书的配图,有一部分来自中国古代绘画,画家所处的朝代也可能晚于诗人,这也符合本书时空穿越的设定,此处仅为配图所用,不再一一标明出处。

7. 为还原朋友圈的真实感,增加阅读的趣味性,本书保留了人们日常使用的网络语言,亦不再一一加注。

目 录

< 001 《滁州西涧》：美景足以洗涤心性　韦应物

< 006 《寒食》：民间禁火，皇家赐火　韩翃

< 011 《塞下曲（其三）》：发一张雪夜追敌的生图　卢纶

< 016 《赋得古原草送别》：一首习作即能全款买房　白居易

< 022 《题都城南庄》：我们总在不断重演着"错过"　崔护

< 027 《悯农（其一）》：我曾经怜悯过他们　李绅

< 031 《悯农（其二）》：悯农诗人不悯农　李绅

< 037 《登科后》：悲催人生中难得的高光时刻　孟郊

< 043 《游子吟》：母爱如春晖普泽　孟郊

< 049 《小儿垂钓》：专注的孩子真可爱　胡令能

‹ 053 《秋词（其一）》：切，哪有那么多伤春悲秋　刘禹锡

‹ 059 《江雪》：千古第一孤独诗　柳宗元

‹ 065 《雁门太守行》：我有志有才，敢用我吗　李贺

‹ 071 《南园（其五）》：写什么破文章，还不如去建功立业　李贺

‹ 076 《马诗（其五）》：良驹何时得驰骋　李贺

‹ 081 《大林寺桃花》：原来春光都躲到这儿来了　白居易

‹ 087 《左迁至蓝关示侄孙湘》：恐怕，我的大限到了　韩愈

‹ 093 《暮江吟》：日暮江景美如画　白居易

‹ 100 《早春呈水部张十八员外（其一）》：早春的景色远胜晚春　韩愈

‹ 104 《钱塘湖春行》：杭州春游打卡必到指南　白居易

‹ 110 《浪淘沙（其一）》：凭借黄河上银河　刘禹锡

‹ 116 《望洞庭》：在贬谪路上愉快玩耍吧　刘禹锡

‹ 121 《乌衣巷》：沧海桑田，世事变迁　刘禹锡

‹128 《酬乐天扬州初逢席上见赠》：蹉跎至暮年的初见　刘禹锡

‹134 《无题·相见时难别亦难》：总而言之，我"太南了"　李商隐

‹139 《寻隐者不遇》：隐士，隐士，果然行踪难觅　贾岛

‹145 《十五夜望月寄杜郎中》：小心被秋思砸中哦　王建

‹149 《池上（其二）》：我也想偷采一份童趣　白居易

‹156 《忆江南（其一）》：叫我如何不思念你　白居易

‹161 《江南春》：江南春景图的正确打开方式　杜牧

‹166 《泊秦淮》：要被割韭菜了，还懵然不知　杜牧

‹170 《赤壁》：谋事在人，成事在天　杜牧

‹175 《清明》：挑起杏花村争夺战，纯属意外　杜牧

‹181 《乞巧》：乞取智巧，只为追求幸福美满　林杰

‹184 《嫦娥》：左右不是人的孤立寂寥　李商隐

‹191 《贾生》：别问，问了也是白问　李商隐

‹195 《夜雨寄北》：归期未定，先约通宵畅聊　李商隐

‹198 《蜂》：值得吗？值得吗？值得吗？重要的事问三遍　罗隐

‹205 《相见欢·无言独上西楼》：帝王的去国之愁　　李煜

‹211 《浣溪沙·一曲新词酒一杯》：时光难留，要惜时啊　　晏殊

‹216 《江上渔者》：你爱鲈鱼味鲜，我怜捕鱼艰险　　范仲淹

‹223 《渔家傲·秋思》：战事未平，不敢还家　　范仲淹

‹229 《登飞来峰》：不畏浮云遮望眼　　王安石

‹234 《元日》：旧的不去，新的不来　　王安石

‹241 《六月二十七日望湖楼醉书（其一）》：迅风疾雨过后便见晴天　　苏轼

‹246 《饮湖上初晴后雨（其二）》：你美你美，你怎么样都美　　苏轼

‹252 《泊船瓜洲》：这条路，还能走多远呢　　王安石

< 258 《江城子·密州出猎》：尚有少年狂，仍怀报国心　苏轼

< 262 《水调歌头·明月几时有》：但愿人长久，千里共婵娟　苏轼

< 267 《梅花》：梅的幽香不容她低调　王安石

< 272 《书湖阴先生壁》：我有好邻好景，羡慕吗　王安石

< 276 《卜算子·送鲍浩然之浙东》：望你与春光同住　王观

< 280 《浣溪沙·游蕲水清泉寺》：何须感叹时光飞逝　苏轼

< 287 《定风波·莫听穿林打叶声》：一蓑烟雨任平生　苏轼

< 293 《卜算子·黄州定慧院寓居作》：寂寞就寂寞呗，我愿意　苏轼

< 297 《题西林壁》：当局者迷，旁观者清　苏轼

< 301 《惠崇春江晚景（其一）》：鸭下水而知春江暖，一叶落而知天下秋　苏轼

< 303 《赠刘景文》：别灰心，一年中最好的景色就要到了　苏轼

《滁州西涧》：美景足以洗涤心性

全网广播：779年，李豫去世，庙号代宗。太子李适继位（是为唐德宗）。780年，废租庸调制，行两税法。781年，发生四镇之乱。

 **韦应物**
滁州西涧风景美如画。

滁州西涧

独怜幽草涧边生，
上有黄鹂深树鸣。
春潮带雨晚来急，
野渡无人舟自横。

781年 · 滁州（今安徽滁州）

♡ 李隆基😊，杨玉环😊，杨凌，卢陟，李儋，元苹😊

李隆基😊：咦，这人诗才如此之好，侍奉过我吗，我怎么不记得？太真你记得吗？

杨玉环😊 回复 **李隆基**😊：三郎，我也没印象。

韦应物回复**李隆基**😊：👦 陛下，那时候我还小。

元苹😊：夫君凄苦，快找个人照顾你吧。

001

韦应物回复元苹 😊：念我室中人，逝去亦不回……👑斯人既已矣，触物但伤摧。

卢陟：舅舅，你知不知道你写给我的那句"我有一瓢酒，可以慰风尘"在后世火了！多少人争着续写啊！我看还是由你亲自操刀吧！

🔍 搜一搜　　搜索

朋友圈　　　文章　　　公众号　　　小程序

💬 圈子 ›

作者：韦应物（737—791），字义博。唐代诗人、藏书家，世称"韦苏州""韦左司""韦江州"，擅写山水田园诗，后人常以"王孟韦柳"（王维、孟浩然、韦应物、柳宗元）并称。

滁州：在今安徽滁州。　**西涧**：在滁州城西，俗称上马河。
怜：喜欢。　**横**：随意漂浮。

诗意：我最是喜爱涧边幽谷里生长的野草，还有那树丛深处婉转啼鸣的黄鹂。傍晚时分，春潮上涨，春雨淅沥，西涧水势顿见湍急，荒野渡口无人，只有一只小船悠闲地在水面漂浮。

👥 附近的人

李隆基 👤　唐玄宗，韦应物年少时曾为唐玄宗近侍
元苹 👤　韦应物的妻子

杨凌 👤　韦应物的女婿

卢陟 👤　韦应物的外甥。韦应物曾写《简卢陟》，最后两句是"我有一瓢酒，可以慰风尘"，劝慰外甥放下过去，坦然面对生活的种种不顺意

李儋 👤　韦应物的好友，韦应物曾赠诗给他

包仔、咕咕私聊

包仔
"我有一瓢酒，可以慰风尘"这两句很熟，好像在网上看过。

 咕咕
前几年，有个网友说很喜欢这两句诗，但自己没能力续写，就发帖求助网友，于是，韦应物这两句诗就被网友玩坏了。贴几句给你看看。

 咕咕

我有一瓢酒，足以慰风尘。
尽倾江海里，赠饮天下人。

我有一瓢酒，足以慰风尘。
醉里经年少，乍醒华发生。

我有一瓢酒，足以慰风尘。
脚踏星汉履，漫步上昆仑。

> 我有一瓢酒，足以慰风尘。
> 三杯知冷暖，笑眼看醉人。
>
> 我有一瓢酒，足以慰风尘。
> 聚散终有时，此去无故人。
>
> 我有一瓢酒，足以慰风尘。
> 平生行万里，太白是前身。

包仔
> 为什么要续写呢？

 咕咕
> 因为韦应物这两句好像还有下文，但是他没有写下去，就给了人们很大的想象空间。喝了这瓢可以慰风尘的酒会怎样呢？真的放下了吗？平静了吗？还是有什么奇遇了？你看网友的续写，就是各种天马行空。有的分给天下人一起喝，有的醉醒后已经老了，还有人说李白是他前身……

包仔
> 哦——原来留一点想象的空间是那么好玩的！

 敲黑板喽！意象详解

草：青草随处可长，象征着蓬勃的生命力，如"离离原上草，一岁一枯荣"。但草的生命很脆弱，诗人常用草隐喻自己卑微的身份，如"细草微风岸，危樯独夜舟"。

杂草丛生，给人荒凉之感，诗人借此抒发对国家兴亡、世事变迁的感慨，如"国破山河在，城春草木深"。

自屈原开始，芳草成为高洁品格、不屈精神的代称，常用来比喻贤人君子和对崇高理想的追求，如"枝上柳绵吹又少，天涯何处无芳草"。

草原是边塞独有的风光，如"风吹草低见牛羊"。

诗人也常用连绵不绝、无处不在的草寄托同样连绵不绝、无处不在的思乡离愁，如"离恨恰如春草，更行更远还生"。

人迹罕至的深山、幽谷往往草木繁盛，因此草也指代隐居生活，如"种豆南山下，草盛豆苗稀"。

《寒食》：民间禁火，皇家赐火

韩翃
看我一首诗，能顶千万首。

寒食

春城无处不飞花，
寒食东风御柳斜。
日暮汉宫传蜡烛，
轻烟散入五侯家。

♡ 柳氏，侯希逸，许俊，李适

李适：😺 此诗真好，朕记住你了。
柳氏：一叶随风忽报秋，纵使君来岂堪折！
韩翃回复柳氏：我心始终如一！
许俊：诗好，人也好，忠贞不贰！不愧我帮你。
侯希逸：我刚要出手，没想到被许生抢先了。也好，你与夫人团圆就行了！

沙吒利：哼，一群人欺负我！等着瞧！

李适：楼上说什么？赐二百万钱，这事就算了。

包仔：回复里的每个字我都认识，但连起来就是看不懂！

咕咕 回复包仔：相传，这是上了当时热搜的头条新闻！韩翃与柳氏之间这段惊心动魄、感人肺腑的爱情，连皇上也惊动了！我在音频里再跟你细说吧。

六 搜一搜 搜索

朋友圈　　文章　　公众号　　小程序

圈子 >

作者：韩翃（719—788），字君平，唐代诗人，"大历十才子"之一。

春城：暮春时的长安城。 **飞花**：这里指柳絮。 **汉宫**：这里用汉代皇宫指代唐代皇宫。 **传蜡烛**：寒食节普天下禁火，但权贵宠臣可以点皇帝恩赐的燃烛。 **五侯**：这里泛指权贵豪门。

诗意：暮春时节，长安城处处柳絮飞舞、落红无数。寒食节到了，东风吹拂着皇家花园的柳树。夜幕降临，宫里忙着把御赐蜡烛传至王侯宠臣手上，燃烛的轻烟飘散入王公贵戚的家里。

附近的人

柳氏	👤	韩翃的妻子
沙吒利	👤	番将,曾劫走柳氏
侯希逸	👤	淄州节度使,韩翃的上级
许俊	👤	韩翃的朋友,用计使韩翃与柳氏重逢
李适	👤	唐德宗,极为欣赏韩翃

包仔、咕咕私聊

包仔:一首诗能顶千首诗?真会吹牛!

 咕咕:正所谓贵精不贵多,就这一首诗,已经足够让他过上好生活了。

包仔:我不信。哪有那么容易?

 咕咕:来,让你开开眼界。

 咕咕:

李适 :春城无处不飞花,寒食东风御柳斜。日暮汉宫传蜡烛,轻烟散入五侯家。好!写得真好!

 中书省官员:哎呀皇上,这诗分明有点以古讽今的感觉,您不生气吗?

李适
就算有讽喻之意,但写得这么好,也让朕爱不释手啊。

中书省官员
皇上,诗可以慢慢读,但是这驾部郎中、知制诰的职位已经空缺很久了,是急事。我们这边提了两次名单,皇上仍没有决定,不知今天能否定下来呢?

李适
你们真烦啊,催催催!就韩翃吧。

中书省官员
哦,可是这个韩翃现在是江淮刺史啊,要把他降级吗?

李适
我说的是写这首诗的那个韩翃!

中书省官员
啊?那个韩翃只是李勉手下的幕僚而已……皇上真决定用他?

李适
你再说,我就让他当你的上级。

包仔
啊?因为一首诗就飞黄腾达,世事真是无奇不有啊!

咕咕

岂止你不信,就连韩翃自己也不敢相信,直到同僚们都来祝贺他,他才回过神来。从此以后,他一路晋升,最后当了中书舍人,真的做了中书省的高层呢。

 **敲黑板喽!意象详解**

寒食: 中国传统节日,与清明相连,曾被称为中国民间第一大祭日,其风俗延续了两千多年。据史籍记载,在春秋时期,晋国公子重耳为躲避祸乱而流亡他国长达十九年,大臣介子推始终追随左右,不离不弃,甚至在重耳快要饿死时"割股啖君"。重耳回到晋国后励精图治,成为一代名君晋文公。介子推不求利禄,与母亲归隐绵山。晋文公为了迫其出山而下令放火烧山,介子推坚决不从,死在山中。晋文公感念忠臣之志,将其葬于绵山,修祠立庙,并下令在介子推死难之日禁烟火、吃寒食,以寄哀思,这就是"寒食节"的由来。后来寒食节和清明节合二为一。

《塞下曲（其三）》：发一张雪夜追敌的生图

全网广播：783年，泾原镇士卒兵变，攻陷长安，拥前卢龙节度使朱泚为秦帝；李适出奔奉天。

 **卢纶**
初到边塞，真是处处新鲜啊。

塞下曲（其三）

月黑雁飞高，
单于夜遁逃。
欲将轻骑逐，
大雪满弓刀。

♡ 李适，元载，王缙，吉中孚，司空曙，苗发，崔峒，常衮，李勉，齐映，陆贽，贾耽，裴均，令狐楚，浑瑊

元载：唉，是我连累你了。

王缙：同上，你现在如何？

卢纶：还好，还好。

浑瑊：怎么样，军营生活还习惯吧？

卢纶回复浑瑊：新鲜，别有一番风味，所以一连写了六首《塞下曲》。

李适：你的诗写得极有生气！"大历十才子"的其他诗人都比不上你！等你回来，我升你官。

卢纶回复李适：🐵 谢陛下！

搜一搜　搜索

朋友圈　　文章　　公众号　　小程序
圈子 >

作者：卢纶（约737—约799），字允言，唐代诗人，"大历十才子"之一。

塞下曲：古时边塞的一种军歌。　　**单于**（chán yú）：匈奴的首领。这里指入侵者的最高统帅。　　**将**（jiàng）：率领。

诗意：暗淡的月夜里惊起一群大雁，单于的军队想要趁夜色潜逃。将军正准备率领轻骑兵一路追杀，才发现漫天的大雪已洒满弓和刀。

附近的人

李适　👤　唐德宗，欣赏卢纶的才华

吉中孚、司空曙、苗发、崔峒　👤　卢纶朋友，同为"大历十才子"

元载、王缙　👤　都曾担任宰相，任用卢纶

常衮、李勉、齐映、陆贽、贾耽 👤　都曾担任宰相，与卢纶有过交往

裴均、令狐楚 👤　均为中唐权臣，与卢纶有过交往

浑瑊（jiān）👤　中唐名将，提拔卢纶为元帅府判官

< 　　　　　　包仔、咕咕私聊　　　　　　···

包仔
咕咕，这个卢纶厉害啊，你看他一首诗，点赞的人这么多，好像李白、杜甫都没他多啊。

 咕咕
哈哈，这个自然，要知道卢纶不单写诗出名，他的社交更出名。带你看一看。

 咕咕

< 　　　　卢纶粉丝群（150）　　　　

卢纶
 考来考去都不中！这破试，我不考了！

 吉中孚
不考就不考，你写诗那么好，带上我、司空曙、苗发、崔峒一起玩吧。

卢纶
组团吗？那得想个厂牌，叫啥好呢？

 姚合
前辈们，不如叫"大历十才子"吧？

013

> 卢纶
> 中听!

 元载
@卢纶 C位的卢允言,幸会幸会!你的梦想是什么?我举荐你吧!

 王缙
@卢纶 我需要你的诗词!我也举荐你!

> 卢纶
> 看来还需要有贵人举荐,要努力"集邮"了!好,我要诚意邀请常衮、李勉、齐映、陆贽、贾耽、裴均、令狐楚进群。

> 包仔
> 卢纶就这样当官了?

 咕咕
没错。但没多久,推举他的元载、王缙都垮台了,他也跟着遭了殃。幸好在朱泚之乱后,咸宁王浑瑊看得起他,他就跟着浑瑊出塞了。这组《塞下曲》就是在那段时间写的。

> 包仔
> 看朋友圈,好像唐德宗也赏识他哦。

 咕咕
可惜卢纶正准备开挂,唐德宗就挂了。只能说他是无福消受咯。

 **敲黑板喽！意象详解**

兵器（弓箭、长戟、刀、盾牌等）：兵器是战场上必不可少的用具，因此是战争的代名词，同时也象征着建功立业的报国之志，以及对英雄豪情、任侠之风的赞美。

《赋得古原草送别》：一首习作即能全款买房

全网广播：786年，"四王二帝之乱"平息。

白居易

不知道我十六岁的习作，能不能换个京城小破房的首期呢？

> **赋得古原草送别**
>
> 离离原上草，一岁一枯荣。
> 野火烧不尽，春风吹又生。
> 远芳侵古道，晴翠接荒城。
> 又送王孙去，萋萋满别情。

787年

♡ 顾况，白季庚，白行简，湘灵，武元衡，张仲素，唐·张固

顾况：何止首期，简直可以换一栋背山靠海的三层大别墅了！
白季庚：吾儿有才若此，为父甚感安慰。行简好好学学你哥。
白行简回复白季庚：我学不来二哥写诗，我试试写小说吧。

湘灵：记得回来，我等你哦。

唐·张固：咦，好故事！待我记录下来。

六 搜一搜

搜索

朋友圈　　文章　　公众号　　小程序

圈子 >

作者：白居易（772—846），字乐天，号香山居士，又号醉吟先生，唐代伟大的现实主义诗人。

赋得：古人学习作诗、文人聚会分题作诗或科举考试命题作诗时，常以古人诗句或成语为题，诗题前一般都冠以"赋得"二字，称为"赋得体"。　　**离离**：青草茂盛的样子。　　**王孙**：原指贵族后代，这里指远方的友人。

诗意：古原上长满茂盛的青草，年年岁岁枯了又长。大火也无法将它烧尽，春风一吹它又冒出绿芽。远处的芬芳野草遮没了古道，阳光下的草色与荒城相接。我又在这里送友人远去，萋萋芳草都是我的离情别意。

附近的人

顾况		唐代大臣、诗人，欣赏并推荐白居易
白季庚		白居易的父亲

白行简 👤　唐代文学家，白居易的弟弟
湘灵 👤　白居易在符离时的玩伴、初恋
张仲素 👤　白居易在符离时的朋友，"符离五子"之一
武元衡 👤　唐代宰相、诗人，白居易的朋友
张固 👤　唐代文人，著有《幽闲鼓吹》，记录了顾况和白居易之间的故事

白居易、顾况私聊

顾况
你就是那个想得到我推荐的士子吗？

白居易
正是在下。这是我十六岁时写的诗作，请您过目。

白居易
《赋得古原草送别》（白居易）.docx
11KB

顾况
哎哟，你这个名字不太好哦。你要知道长安物价贵啊，想在这里居住可不容易，你还想白白居住？那就更难咯！

白居易、顾况私聊

白居易
您老先看看我的作品吧。

 顾况
离离原上草，一岁一枯荣。野火烧不尽，春风吹又生……好！好！后面的不用看了！

白居易
请问，这诗能换个亭子间吗？

 顾况
这真是你写的？你十六岁时写的？

白居易
正是。

 顾况
能写出这么好的诗句，白白居住也是轻而易举的事啊！别说亭子间，住大别墅都行啊！

包仔、咕咕私聊

包仔

> 哇,原来写好一首诗就能在京城落地生根了?

 咕咕

> 这只是个故事。也有人考证说,白居易不可能在那个时候见到顾况,但是白居易这首诗确实让他声名鹊起。

包仔

> 😜那我学好写诗,我妈就不用担心我买不起房了。

 咕咕

> 😜你只要下苦功学好一样东西,就已经能让你妈妈放心了。

崔护

《题都城南庄》：我们总在不断重演着"错过"

全网广播：790年，吐蕃攻占北庭。791年，吐蕃攻占西州。794年，异牟寻与吐蕃绝，联合唐军败吐蕃，受唐封为南诏王。

 **崔护**

 错过了……我不该等一年的！

题都城南庄

去年今日此门中，
人面桃花相映红。
人面不知何处去，
桃花依旧笑春风。

绛娘：是我错过了。

桃老：差点儿！差点儿！

崔护回复桃老：万幸！万幸！

唐·孟棨：传奇！我把这事记下了！

宋·李昉：隔一朝了，肩负中国好故事传承重任的"小蜜蜂"又要开始工作了。

宋·柳永：太喜欢了！借用致敬！"人面桃花，未知何处，但掩朱扉悄悄。"

宋·晏几道 🕰️：算上我。"落花犹在，香屏空掩，人面知何处？"

宋·袁去华 🕰️：我也来。"纵收香藏镜，他年重到，人面桃花在否？"

🔍 **搜一搜**　　搜索

朋友圈　　　文章　　　公众号　　　小程序

💬 圈子 >

作者：崔护（772—846），字殷功，唐代博陵（今河北定州）人。贞元十二年（796）进士；大和三年（829）为京兆尹，同年为御史大夫、广南节度使。

都城：国都，指唐朝京城长安。

诗意：去年的这个时候，在这户人家里，我看见那美丽的脸庞和桃花互相衬托，显得分外红润。今日再来此地，姑娘已不知去哪儿了，只有桃花依旧，含笑怒放于春风之中。

👥 **附近的人**

| 绛娘 👤 | 化名，传说中此诗的主人公 |
| 桃老 👤 | 化名，传说中此诗主人公的父亲，有人推测他曾在朝为官，为避祸而隐姓埋名 |

孟棨（qǐ）	唐僖宗时期进士，编著《本事诗》记录此诗逸事
李昉	北宋初年名相、文学家，参与编写《太平广记》等，在《太平广记》中记录此诗逸事
柳永	北宋著名词人，婉约派代表人物，在《满朝欢·花隔铜壶》中使用此诗"人面桃花"的典故
晏几道	北宋著名词人，婉约派代表人物，在《御街行》中使用此诗"人面桃花"的典故
袁去华	南宋宋高宗赵构时期进士，在《瑞鹤仙》中使用此诗"人面桃花"的典故

包仔、咕咕私聊

包仔

说得不明不白的，到底错没错过呀？

咕咕
 来来来，给你个机会，让你编。

包仔

我猜嘛，后来还是遇上了。但崔护发现绛娘之前好像桃花那么美的样子是假的，真实的模样一言难尽，就把他吓跑了。所以老父亲说差点儿，是可惜就差那么点儿没让崔护掉坑里；崔护说万幸，就是庆幸自己没上当呗。

包仔、咕咕私聊

咕咕

你肯定是狗血剧看多了,而且还三观不正!样子不好看就是掉坑、上当吗?

包仔

那你告诉我啊,非要卖关子!

咕咕

据说,崔护几天后又去了南庄,还没进去就听见了哭声。原来那一天,绛娘刚好出去了,回来一见崔护在墙上题的诗,后悔啊,难过得茶饭不思,生了场急病就这么去世了。崔护抱着绛娘的遗体大哭,没多久,绛娘竟奇迹般地醒了。最后,当然是皆大欢喜的结局啊。

包仔

死而复生,这是为反转而反转的情节,好假哦!

咕咕

这只是传说,真实性也无法考证。但是,人们都愿意相信美好的故事,因为在生活中,我们都需要希望。

 敲黑板喽！意象详解

桃花：桃红柳绿，是春天的象征，表达喜春或惜春的感情，如"桃花一簇开无主，可爱深红爱浅红""鹅鸭不知春去尽，争随流水趁桃花"。

桃花美艳，多用来指代美人，如这首《题都城南庄》；而从这首诗引申而出的成语"人面桃花"，则是形容男女邂逅钟情随即分离后，男子追念旧情的情形，也泛指忆念爱人。

🔊 音频

🔍 来听听"人面桃花"的完整版故事吧

《悯农（其一）》：我曾经怜悯过他们

— 李绅

李绅

谁种田就该谁吃饱，不是吗？但现实呢？

悯农（其一）

春种一粒粟，
秋收万颗子。
四海无闲田，
农夫犹饿死。

♡ 李敬玄😟，李守一😟，李晤😟，李母😟，白居易，元稹，李德裕

李守一😟：🧒真是我的好孙儿！有这等爱民之心，他日必定能像我和你爸那样，成为地方上的好长官。

李敬玄😟 回复 李守一😟：能有点志气吗？当个区区县令有什么好显摆的？

李守一😊回复李敬玄😊：爹，我们官是不大，但至少在地方上是有实权、能干实事的。像我儿，在金坛、乌程、晋陵这种江南鱼米之乡做县令，日子还是很不错的。

李敬玄😊回复李守一😊：切，要像就要像我一样！以我曾孙这样的才华，很有机会接我的棒，拜相不在话下，封爵可做目标。

李晤😊：可惜我陪你的时间太少了，无福参与你的成长啊。

李母😊：看来，当时带你寄住在寺庙里教你经义是做对了。

白居易：太好了！我们一起搞"新乐府运动"吧。

元稹：对，我们一起把古时的采诗制度发扬光大，自创新的乐府题目，咏写时事，泄导人情。

李德裕：嗯，是个人才，跟我混吧。

宋·李昉😊：写这诗和拒帮上司谋叛时，都还是个铮铮汉子。

🔍 **搜一搜** 搜索

朋友圈　　　文章　　　公众号　　　小程序

💬 圈子 >

作者：李绅（772—846），字公垂，唐代宰相、诗人。其人短小精悍，因此别号"短李"。

粟：泛指谷类。　　**四海**：指全国。

诗意：春天只要播下一粒种子，秋天就可以收获很多粮食。普天之下，没有荒废不种的田地，却仍有劳苦农民活活饿死。

附近的人

李敬玄	唐代武则天时期宰相,被封为赵国公,李绅的曾祖父
李守一	李绅的祖父,曾任郫县县令
李晤	李绅的父亲,在李绅幼年去世,曾任金坛、乌程、晋陵县令
李母	李绅的母亲,在丈夫去世后,悉心教育儿子
白居易	唐代著名诗人,李绅的好友,一起倡导"新乐府运动"
元稹	唐代著名诗人,李绅的好友,一起倡导"新乐府运动"。李绅曾为元稹《莺莺传》命题,作《莺莺歌》
李德裕	唐代杰出政治家、文学家,"牛李党争"中的李党领袖,曾提携李绅。李绅、李德裕、元稹被时人誉为"三俊"
李昉	北宋初年名相、文学家,在其参与编纂的《文苑英华》的《李绅传》中记述李绅不协助李锜谋叛而下狱之事

包仔、咕咕私聊

包仔

李昉说李绅不帮上司谋叛,到底是怎么回事?

 咕咕

这事在《李绅传》里有记载,我带你看看。

 咕咕

 李锜

帮我起草文书,让皇上恢复我职位。

08:30 那些刷爆朋友圈的古诗词

包仔、咕咕私聊

> 李绅
> 我我我……我手抖！您看，纸都给我写花了，没纸了。

 李锜
想耍花招？打算跟你父母团聚是吧？

> 李绅
> 我自小在书香门第长大，一听到兵器声就手软脚软、三魂不见七魄了。如果您要处死我，我也无怨无悔。

 李锜
🍲我要关你一辈子！

> 包仔
> 哇，帅呆了！但李昉说，李绅那时还是个铮铮汉子，这是什么意思啊？难道以后就不是吗？

 咕咕
👨 这还真是个让人大跌眼镜的反转，可能会让你怀疑人生。写出"假金方用真金镀，若是真金不镀金"的李绅竟成了自己曾痛恨的人，多么戏剧化！我在下一首诗继续跟你说。

🔍 什么？连恶龙也怕了李绅？

030

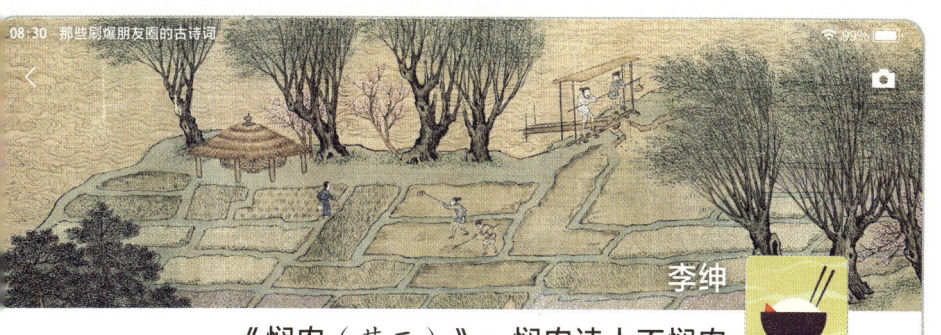

《悯农(其二)》：悯农诗人不悯农

李绅
浪费粮食，好意思吗？

> **悯农**（其二）
>
> 锄禾日当午，汗滴禾下土。
> 谁知盘中餐，粒粒皆辛苦。

♡ 李敬玄😊，李守一😊，李晤😊，李母😊，白居易，元稹，李德裕，李炎

李敬玄😢：问得好！深刻有力，这首必定流传更广！

韩愈：想当年你考试的时候我还推荐过你，现在少给我摆威风！

李绅回复韩愈：台参是规矩，别用你那御史大夫的塑料头衔压我！就推荐了一次，难道要我还一辈子人情吗？总之，你不台参，我就弹劾你！

李逢吉：呵呵，楼上两位杠精，怎么就那么容易"送人头"呢？😏 我勉为其难收下了。

李德裕：失意只是暂时的，忍耐一下，我们一定能等到东山再起之日！

李炎：能体恤百姓疾苦，好！先帝真是走漏眼了，朕要重用你！

刘禹锡：当你对锦衣玉食司空见惯后，再回头读读自己的这首诗，不知心中有何感想。

包仔 🧒 ：哇哇哇，这段信息量巨大，我有点消化不了。

咕咕 🧒 回复 包仔 🧒 ：韩愈、李绅的争执和李逢吉利用这件事对他们的打压，涉及当时非常重要的"牛李党争"，我在音频里会跟你细说这一段。

🔍 搜一搜	搜索

朋友圈　　文章　　公众号　　小程序

💬 圈子 >

诗意： 农民在正午的烈日下劳作，汗珠滴在禾苗生长的土地上。有谁想到，我们碗中的米饭，每一粒都是农民辛勤劳动换来的呢？

👥 附近的人

李逢吉 👤　唐代宰相，牛党代表人物，为独揽大权打压李德裕、李绅、元稹、裴度等人

韩愈 唐代诗人,"唐宋八大家"之一,曾推荐李绅,后与李绅发生台参之争

李炎 唐武宗,重用李绅

包仔、咕咕私聊

包仔

咕咕,你之前说李绅的反转会让我大跌眼镜、怀疑人生,他到底变成什么样了嘛?我看了刘禹锡的留言之后,心里的感觉就更糟了。

 咕咕

我让你看看他生平中做得"臭不可闻"的几件事。

 咕咕

李绅

你我是同科进士,你来到我地头,怎么不来拜见我,还纵容你的家仆在我这儿生事?几个意思啊?

 崔巡官

我正是想去拜见您,没想到遇上了难缠的人……

李绅

不准狡辩!你那家仆,不可饶恕!至于你嘛……绑起来,打二十杖!

 崔巡官

包仔、咕咕私聊

厨子
请问大人今晚要吃什么？

李绅
老样子，肯定要有一盘鸡舌。

厨子
大人，宰杀的鸡在后院已经堆积如山了。这一盘鸡舌，起码又要三百只活鸡……

李绅
我吃不起吗？不就百千来贯钱吗！堆积如山就找人处理，还要我教吗？

小吏
报！大人治下，有不少百姓外逃了。

李绅
你用手捧过麦子吗？饱满的麦粒都在下面，只有麦糠才会被风吹走。这点屁大的事就不要再来烦我了！

包仔
😱😱😱这个是假李绅，还是写"粒粒皆辛苦"的才是假李绅？

咕咕

👦人是会改变的。正是因为这样，被贬为苏州刺史的刘禹锡在李绅家看到酒席的奢华时，才写下"高髻云鬟宫样妆，春风一曲杜韦娘。司空见惯浑闲事，断尽苏州刺史肠"来表达心中的不满和痛惜。"司空见惯"这个成语就是这么来的，意思是当时任职司空的李绅对这种穷奢极侈早就见怪不怪了。

包仔、咕咕私聊

包仔

我觉得整个人都不好了,好像被现实暴击了……我要静静。

《登科后》：悲催人生中难得的高光时刻

孟郊

朋友的新动态

孟郊
娘，中了！我中了！我终于中了！

登科后

昔日龌龊不足夸，
今朝放荡思无涯。
春风得意马蹄疾，
一日看尽长安花。

796年 · 长安

♡ 裴氏，韩愈，王涯，张籍，孟庭玢😊，郑余庆

裴氏：儿呀，我就说你能中！

孟庭玢😊回复裴氏：我就这么留下三个儿子，苦了你啊！

韩愈：我就说你能中+1。

孟郊回复韩愈：终不负您一再举荐！

王涯：我就说你能中+2。

037

张籍：如你所说，潜虬会飞腾。

陆羽：要如茶，根深土中。

孟郊回复陆羽：谨遵教诲！能与您一起品茶吗？

陆羽回复孟郊：来吧。

郑余庆：没赶上同享这一喜悦，补祝！

宋·周紫芝：对比孟东野落第时和登科时的诗，为了考试，心情跟着大悲大喜，所以虽然得到了，最终也享受不了啊。

明·瞿佑：长安的花，一天怎么看得完？这不是预兆着前程难以远大吗？

⟨ ✦ 搜一搜　搜索

朋友圈　　文章　　公众号　　小程序

💬 圈子 ⟩

作者：孟郊（751—814），字东野，别号贞曜先生、"诗囚"，中唐著名诗人，擅长五言古诗。孟郊与贾岛齐名，他们都以苦吟著称，诗风都清奇孤寂，所以苏轼称他们为"郊寒岛瘦"，从此这说法便沿用至今。

登科：唐代实行科举制，登科指应考人被录取。　　**龌龊**（wò chuò）：
肮脏，在诗中指困顿、艰难的处境。　　**放荡**：自由自在，不受约束。

诗意：过去困顿的日子已无须再提，今日金榜题名令我神采飞扬。迎着惬意的春风纵马飞驰，一天之内便能将京城的春花尽收眼底。

附近的人

孟庭玢　孟郊的父亲

裴氏　孟郊的母亲

韩愈　唐代著名文学家、政治家，"唐宋八大家"之一，与孟郊是互勉互励的挚友，为孟郊操办丧事、写墓志铭

王涯　中唐官员，孟郊的好友

张籍　中唐诗人、官员，孟郊的好友

陆羽　茶圣，深受孟郊敬重

郑余庆　中唐宰相，曾提携孟郊，送三百贯钱照顾孟郊遗孀

孟郊第一快诗评论群（8）

包仔
> 各位诗评家老师，为什么说作者享受不了这快乐呢？

 周紫芝〔宋〕
> @包仔　你读过孟郊两次落第时写的诗吗？《落第》写"弃置复弃置，情如刀剑伤"，觉得落第像被刀捅一样难受。

 葛立方〔宋〕
> 《再下第》曰"一夕九起嗟，梦短不到家"。

 国材〔宋〕
> 嗯，失意时太多牢骚幽愤，得意后又过于骄傲炫耀……

孟郊第一快诗评论群（8）

周紫芝〔宋〕
为了考试弄成这样，成功了又能长久吗？

瞿佑〔明〕
"一日看尽长安花"就是不好的兆头！一天就完了！

包仔
看重考试也没什么毛病呀，我们班上考砸了哭鼻子的也不少呢！

咕咕
@包仔 也许大家的意思是，心还是放宽一点好。

包仔
怎样才算宽，有标准吗？人人都有自己在意的事呀。反正我就很替孟郊高兴，都能跟着马蹄声哼歌了呢！

包仔、咕咕私聊

包仔
看来我也没那么糟，大诗人考试也跟我差不多嘛。

040

包仔、咕咕私聊

咕咕
谁给你谜一样的自信？孟郊跟你一般大的时候已能妙怼贪官了。

咕咕
相传有个钦差听说孟郊是神童就出对子考他。钦差见孟郊穿着绿衣服，就说"小小青蛙穿绿衣"。

包仔
可恶！这不是骂孟郊是青蛙吗？

咕咕
孟郊见餐桌上有一道蒸螃蟹，钦差大人又穿着红色官服，就对出了"大大螃蟹穿红袍"。

包仔
横行霸道的钦差大螃蟹给蒸熟了！

咕咕
钦差让孟郊坐下吃饭，然后又出上联"小小猫儿寻食吃"，孟郊马上接"大大老鼠偷皇粮"，吓得钦差一身冷汗，因为他挥霍的正是救灾用的粮款。

包仔
你看吧，孟郊那么聪明也考不好，成绩果然不代表实力！

咕咕
你以为有挡箭牌了？你妈妈会说，成绩未必反映实力，但实力一定会表现为成绩。

 **敲黑板喽！意象详解**

《登科后》这首诗贡献了两个很常用的成语：

春风得意，形容人处境顺利畅达，事事顺心遂意。

走马观花，原指事情如意，心情愉快。后来引申为只是粗略地看看，观察事物或了解情况不够深入细致。

孟郊

《游子吟》：母爱如春晖普泽

朋友的新动态

孟郊

赴任溧阳尉，接母亲大人来住，好好陪伴她、侍奉她，但这也报答不了母亲恩情的万分之一啊！还记得我当年上京赶考前夜……

游子吟

慈母手中线，
游子身上衣。
临行密密缝，
意恐迟迟归。
谁言寸草心，
报得三春晖。

801年 · 溧阳

♡ 裴氏，孟庭玢😣，韩愈，宋·苏轼😒，明·邢昉😒，

清 · 宋长白 🏮

裴氏：我怎么样都成，只要你好就行了！
孟庭玢😀 回复裴氏：难得儿子孝义，你就该享享福了。
韩愈：你用诗来表达感情，非常好！你的作品已经超过魏晋的作品，在你的不懈努力下，有些诗作甚至还达到了上古诗作的水平。这次送你上任，你好像心事重重……朋友，也许现实未必如人意，但请随遇而安啊。
宋 · 苏轼 🏮：肺腑之言才感人肺腑。
明 · 邢昉 🏮：仁孝蔼蔼，万古如新。
清 · 宋长白 🏮：言有尽而意无穷，"慈母手中线"可与"锄禾日当午"并传。

< 六 **搜一搜** 搜索

朋友圈　　文章　　公众号　　小程序

💬 圈子 >

游子：远游旅居的人。　　**吟**：诗体名称。　　**意恐**：担心。
寸草：小草。　　**三春**：农历正月为孟春，二月为仲春，三月为季春，合称三春。

诗意：慈母用针线为即将远行的儿子缝制衣服。临近出发了，衣服还没做好，母亲熬夜赶工。因不知儿子这一去何时归来，担心这身衣服不耐穿，所以特意把针脚缝得格外紧密。有谁敢说，子女如小草般微不足道的孝心，报答得了如春晖普泽的慈母恩情呢？

感天动地孟母致敬群（68）

韩愈
@裴氏　河东裴氏名不虚传！正是孟老夫人对教育的重视、对东野由始至终的信任和鼓励，才能培养出如此有才华的诗匠！请受韩愈一拜！

包仔
@咕咕　河东裴氏很有名吗？

咕咕
河东裴氏是三晋望族，在隋唐时期人才辈出，如裴矩是周、隋、唐三朝元老，裴寂是帮唐太祖李渊打天下的开国元勋。

韩愈
还有救我一命的裴晋公裴度可是辅佐宪宗皇帝实现"元和中兴"的贤相！

"孟母仉氏"加入了群聊

孟母仉氏
请问这是为我建的群吗？

孟庭玢
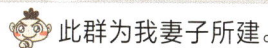此群为我妻子所建。

孟母仉氏
抱歉，打扰了！

045

感天动地孟母致敬群（68）

孟郊
请留步！您可是为子三迁、断机教子的孟子的母亲？此群为天下所有伟大的孟母、所有无私的母亲而建！不分彼此！

包仔
嗯嗯！世上只有妈妈好，有妈的孩子像块宝！

包仔、咕咕私聊

包仔
孟郊和贾岛是不是都很穷？

咕咕
是的，他们一生都挺坎坷的。

包仔
难怪苏东坡说"郊寒岛瘦"。一个穷得穿不暖，一个穷得吃不饱。

咕咕
😲天大的误会！"郊寒岛瘦"是指他们的诗歌风格清奇悲凄。他们喜欢用少见的词和韵，给人冷僻、瘦硬的感觉，还讲究苦吟推敲、锤炼字句，常为了找到更合适或更新鲜的词而绞尽脑汁。所以孟郊被称为"诗囚"，贾岛被称为"诗奴"。

包仔、咕咕私聊

 包仔
啊？被诗困住了？这有什么好！

 咕咕
不能说被困，他们是心甘情愿的，那是他们的毕生追求。孟郊说自己"一生空吟诗，不觉成白头"，就是一生都在吟诗，不知不觉就老了。

 包仔
吟了一辈子就得了一头白发，太惨了吧？

 咕咕
还得到了后人的尊重。后人在孟郊去世后建了孟郊祠。抗日战争时，日本侵略者烧光了孟郊祠周围的民房，但慑于孟郊的声名，不敢动孟郊祠分毫。

 **敲黑板喽！意象详解**

春晖：春天的阳光明媚、灿烂，是美好的象征。如李白《惜余春赋》："见游丝之横路，网春晖以留人。"

春天的阳光是温暖的，她普泽大地，让万物复苏，就像无私、博大的母爱。自孟郊的《游子吟》后，春晖成了母爱的代名词。

孟郊连遭暴击的一生

《小儿垂钓》：专注的孩子真可爱

朋友的新动态

胡令能

 **胡令能**
去访友途中迷路，碰巧遇到一个正在学钓鱼的孩子，刚想过去问路，孩子的表情瞬间亮了……

小儿垂钓

蓬头稚子学垂纶，
侧坐莓苔草映身。
路人借问遥招手，
怕得鱼惊不应人。

♡ 范摅，列子，曹操，潘安，史可法

小虾米：我怕吓走鱼儿，没有理你，真对不起！
胡令能回复小虾米：没事没事，那情景有趣得很！你看，我还写成诗了呢！
范摅：从目不识丁、替人修补锅碗瓢盆的胡钉铰，变成出口成章、满腹经纶的胡才子，真是个奇人！我要记下你那个剖腹藏书的传说！

胡令能回复范摅：那件事，要说是真的，又似乎太吹了；但要说是假的，我一个文盲又怎会突然写字作诗呢？

曹操😊：你隐居的圃田是个好地方！我在那儿战胜了我的死对头袁绍，我在那儿打响的官渡之战举世闻名！

列子😊：🐵我家乡的水土养人啊！养思辨之才！

潘安😊：🐵我家乡的水土养人啊！养俊美之人！

史可法😊：🐵我家乡的水土养人啊！养忠良之士！

胡令能回复列子😊：🐵我太崇拜您了！我常去祭拜您！

< 六 **搜一搜**　　搜索

朋友圈　　　文章　　　公众号　　　小程序

　　　　　💬 圈子 >

作者：胡令能（785—826），唐代诗人，隐居圃田（今河南中牟）。他以修补锅碗为生，所以人称"胡钉铰"。

纶：钓鱼用的丝线。垂纶，即钓鱼。　　**莓**：一种野草。
应（yìng）：答应，理睬。

诗意：一个头发蓬乱的小孩子正在学钓鱼，他侧身坐在青苔上，绿草映衬着他的身影。遇到有人问路，他老远就摆着小手，生怕大声应答吓跑了水中的鱼儿。

附近的人

列子 👤 战国前期思想家，道家代表人物，河南中牟人
曹操 👤 曾在郑州中牟县一带打响官渡之战
潘安 👤 西晋文学家，古代四大美男之一，河南中牟人
范摅 👤 唐代文人，在其所著的《云溪友议》卷下《祝坟应》中记录了胡令能的轶事
史可法 👤 明末著名政治家，抗清名将，河南中牟人

胡令能、仙仙仙 私聊

你已添加了仙仙仙，现在可以开始聊天了

辰时

仙仙仙
你是胡钉铰？

胡令能
是的，要修什么？

仙仙仙
你识字吗？

胡令能
识几个。

仙仙仙
《经书》.docx
85KB

胡令能、仙仙仙私聊

胡令能
这个，不会修。

胡令能
？？？

亥时

胡令能
我刚梦见你用刀剖开我肚子，把一本经书塞进来！太可怕了！

你还不是他（她）好友。请先发送好友验证

胡令能
更可怕的是，我能读懂大长篇，还会写诗了！

你还不是他（她）好友。请先发送好友验证

胡令能
……

你还不是他（她）好友。请先发送好友验证

《秋词（其一）》：切，哪有那么多伤春悲秋

全网广播：805年正月，李适（kuò）去世，庙号德宗，子李诵即位（是为唐顺宗），任用王叔文、王伾、刘禹锡、柳宗元等人改革，史称"永贞革新"。八月，宦官俱文珍、节度使韦皋等逼李诵让位于太子李纯（是为唐宪宗），改元永贞，史称"永贞内禅"。只持续了一百多天的"永贞革新"以失败告终，革新派官员俱被贬。

刘禹锡
我想写啥就写啥，有啥我不敢写的？

秋词（其一）

自古逢秋悲寂寥，
我言秋日胜春朝。
晴空一鹤排云上，
便引诗情到碧霄。

♡ 韩愈，王叔文，柳宗元，韦执谊，韩泰，韩晔，陈谏，凌准，程异

柳宗元：梦得愈挫愈勇，我没法比呀。

刘禹锡回复柳宗元：我等一定会回来的！到时候一起去看花。

韩愈：😊没想到你们才被重用没多久就被贬了，我们什么时候才能再一起讨论呢？真怀念我们争得面红耳赤的日子啊。

刘禹锡回复韩愈：你不怪我们了？😊

王叔文：是我连累梦得了！若非我要回家守丧，必不至于此！

刘禹锡回复王叔文：说什么呢！来日方长，小人未必有我们长命。

王叔文回复刘禹锡：😭我怕等不到了……

< 🔍 搜一搜　　搜索

朋友圈　　文章　　公众号　　小程序

💬 圈子 >

作者：刘禹锡（772—842），字梦得，唐代政治家、文学家，有"诗豪"之称，"永贞革新"失败时被贬的"二王八司马"之一。

诗意：自古以来文人墨客都悲叹秋天萧瑟寂寞，我却说秋天远比春天好！你看秋日晴空万里，一只仙鹤冲破层云直抵云霄，也引得我的诗情随之冲天而起。

附近的人

韩愈 👤 唐代著名诗人，在御史台时和刘禹锡、柳宗元结为好友

王叔文 👤 唐代政治家、改革家，"永贞革新"主导者，器重刘禹锡

柳宗元 👤 唐代著名诗人，"二王八司马"之一，刘禹锡的好友

韦执谊、韩泰、韩晔、陈谏、凌准、程异 👤 与刘禹锡和柳宗元同列"八司马"

包仔、咕咕私聊

包仔
> 为什么刘禹锡说韩愈怪他呢，他们不是好朋友吗？

 咕咕
> 嗯，韩愈比刘禹锡和柳宗元早一年进士及第，而且都在御史台担任监察御史，于是就成好朋友了。

包仔
> 监察御史是什么官？

 咕咕
> 唐朝的监察御史官阶不高，但是可以弹劾违法乱纪和不称职的官员。韩愈、刘禹锡都是善于写文章议论的人，难免会因为观点不同而吵架，这个时候就要麻烦柳宗元出来当和事佬了。不过吵归吵，他们的友谊可没有因此受影响。

包仔
> 那为什么后来友谊的小船说翻就翻呢？

08:30　那些刷爆朋友圈的古诗词　　　　　　　　　99%

包仔、咕咕私聊

咕咕

误会而已。韩愈在贞元十九年（803）因为进谏被贬到广东阳山，过了一年多，唐德宗死了，唐顺宗即位，重用王叔文。王叔文是刘禹锡的老领导兼伯乐，提拔重用了刘禹锡、柳宗元进行永贞革新。韩愈虽然被赦，但是没被召回，所以心里就有点不舒服了。

咕咕

韩愈

同官尽才俊，偏善柳与刘。
或虑语言泄，传之落冤雠。
二子不宜尔，将疑断还不。

韩愈

@刘禹锡　@柳宗元　我们都在御史台当官，都是有才之士，为什么只重用你们呢？我当年跟你们一起讨论对朝政的看法，你们有没有不小心泄露了出去，害我被人忌恨？

刘禹锡

哎呀，冤枉啊！没有的事！

韩愈

虽然我现在没有证据，但我还是觉得你们有问题。

柳宗元

你终有一天会知道我们是清白的！

咕咕
后来韩愈被调回长安,还升官了,但刘禹锡他们"二王八司马"却因为"永贞革新",死的死,贬的贬,日子可难过了!

包仔
什么是"二王八司马"?我看他们没一个姓司马的呀。

咕咕
这个司马不是姓氏,而是官名,一个芝麻绿豆官。"二王"指的是王叔文、王伾两个人,而"八司马"则是指刘禹锡、柳宗元等八个人。他们在"永贞革新"中失败了,都被贬去边远的地方做各州的司马,刘禹锡是朗州司马,柳宗元是永州司马。

包仔
他们一定很沮丧吧……

咕咕
柳宗元确实很不开心,但刘禹锡却像个没事人一样。这首《秋词》就是他被贬朗州时写的,你看多豁达。

包仔
嗯,难怪叫做"诗豪"。

咕咕
对,换作别人,多半意志消沉、畏首畏尾了,但刘禹锡刚刚相反,他算是唐朝诗人中第一刺儿头,就没有他不敢说的话,也没有他怕的事!

柳宗元

《江雪》：千古第一孤独诗

朋友的新动态

柳宗元
雪冷，心更冷。

> **江雪**
>
> 千山鸟飞绝，万径人踪灭。
> 孤舟蓑笠翁，独钓寒江雪。

永州（今湖南南部）

♡ 韩愈，刘禹锡，王叔文，韩泰，韩晔

刘禹锡：人生总会有起落。子厚放宽心，我们一起走一起回！
柳宗元回复刘禹锡：我们发起的改革只维持了百来天，然后我们就被扫地出门了……太挫败了！
韩愈：有时候是天要惩罚人啊，别放在心上。
柳宗元回复韩愈：我不认同！关天什么事？都是人为！
唐·郑谷：这首诗太好了！看我写的"江上晚来堪画处，渔人披得一蓑归"。

宋·王直方 🔔 回复唐·郑谷 🔔：你这首简直就是刚学作诗的人写的水平，哪里比得上人家。

包仔 🔔：这首诗听得我身上冷飕飕。

咕咕 🔔 回复包仔 🔔：我在上一首诗说过，"永贞革新"失败，"二王八司马"被贬，这首诗就是柳宗元被贬去做永州司马时写的。一开始，他很不开心，写的诗就显得格外寂寞、孤清。后来，他慢慢发现了永州的美景，于是又写了《永州八记》，你上初中后就会学到其中的《小石潭记》了。

包仔 🔔 回复咕咕 🔔：读这篇，看得出刘禹锡和柳宗元特别铁。

咕咕 🔔 回复包仔 🔔：没错，刘禹锡的头再铁，也不够这份兄弟情铁。待会儿带你看看刘禹锡和柳宗元的私聊。

六 搜一搜　搜索

朋友圈　　文章　　公众号　　小程序

圈子 >

作者：柳宗元（773—819），字子厚，河东（今山西运城）人，唐代文学家、思想家，"唐宋八大家"之一，世称"柳河东""河东先生"，因官终柳州刺史，又称"柳柳州"。

蓑笠（suō lì）：蓑衣和斗笠。蓑，古代用草编成的防雨的衣服。笠，古代用来防雨的帽子，用竹篾编成。

诗意：群山中的鸟儿已经飞得不见踪影，所有的道路都看不见人的踪迹。一位披着蓑衣戴着斗笠的老翁坐在孤舟之上，迎着漫天风雪独自垂钓。

附近的人

韩愈 　唐代著名文学家，在御史台时和柳宗元结为好友，两人并称"韩柳"

刘禹锡 　唐代著名诗人，柳宗元的好友，两人并称"刘柳"

王叔文、韩泰、韩晔 　同列"二王八司马"，柳宗元的同僚及朋友

郑谷 　唐末诗人

王直方 　宋代江西诗派诗人，曾在《归叟诗话》中对比郑谷和柳宗元的诗

柳宗元、刘禹锡私聊

元和十年（815）

柳宗元

"十年憔悴到秦京，谁料翻为岭外行。"外贬十年，没想到刚相聚，又要分离了。梦得，你保重！写诗容易被人抓住把柄，你还是封笔隐名吧，说话也要小心点。

柳宗元、刘禹锡私聊

刘禹锡

"去国十年同赴召,渡湘千里又分歧。"那些小人对我怎样,我都无所谓,我只在意我们相聚的时间太短了!这次,我去连州,你去柳州,中间隔着一条桂江……我们只能"桂江东过连山下,相望长吟有所思"了。

柳宗元

梦得,我们是同年进士,一起为皇上献策改革弊政,一起失败,一起被贬,然后一起被召回,再次一起被贬……  这是多么深的缘分啊!我真舍不得你啊!

重别梦得
二十年来万事同,今朝岐路忽西东。
皇恩若许归田去,晚岁当为邻舍翁。

刘禹锡

好一句"皇恩若许归田去,晚岁当为邻舍翁"!就这么约定了!退休之后,我们做邻居,写写诗、喝喝酒、种种地,岂不快哉?

重答柳柳州
弱冠同怀长者忧,临岐回想尽悠悠。
耦耕若便遗身老,黄发相看万事休。

柳宗元

梦得,你我都要保重身体,就等退休那天了!

元和十四年（819）

 刘禹锡

🙏🙏🙏子厚，你不是说我们都要保重身体吗？你一定要好起来啊！

柳宗元

我的身体，自己清楚……梦得，我已吩咐仆人，将我的儿女和书稿带去连州，你懂我意思的！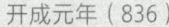

 刘禹锡

子厚放心，定必不负所托！

开成元年（836）

 刘禹锡

子厚，我搬到洛阳了，也终于实现了我们当日的愿望。只不过，为我"邻舍翁"的是白居易和裴度。如果你也在，那就圆满了！

《雁门太守行》：我有志有才，敢用我吗

朋友的新动态

 李贺
就凭这首诗，难道不配有功名吗？难道不配上黄金台吗？

> 雁门太守行
>
> 黑云压城城欲摧，甲光向日金鳞开。
> 角声满天秋色里，塞上燕脂凝夜紫。
> 半卷红旗临易水，霜重鼓寒声不起。
> 报君黄金台上意，提携玉龙为君死。

♡ 韩愈，皇甫湜，沈亚之

韩愈：好诗！改日去拜访你。

皇甫湜回复韩愈：同去同去。

李贺回复韩愈：恭候大驾。

元稹：我也想来找你。

李贺回复元稹：没空。你考明经科，我考进士科，不同路。

宋·王安石：方黑云压城，岂有向日之甲光？

明·杨慎 回复 宋·王安石：我亲眼见过。真是迂腐的老儒，不知诗啊。

< 🔆 搜一搜　搜索

朋友圈　　文章　　公众号　　小程序

💬 圈子 >

作者：李贺（790—816），字长吉。唐代中期浪漫主义诗人，与李白及李商隐并称"唐代三李"，后世又称"诗鬼"。

雁门太守行：古乐府曲调名。　**角**：古代军中一种吹奏乐器，多用兽角制成，也是古代军中的号角。　**燕脂**：胭脂，这里指暮色中塞上泥土有如胭脂凝成。　**易水**：河名，相传战国时荆轲前往秦国行刺秦王，燕太子丹及众人送至易水边，荆轲慷慨而歌："风萧萧兮易水寒，壮士一去兮不复还！"　**黄金台**：故址在今河北易县东南，相传战国燕昭王所筑，意为广招天下人才。　**玉龙**：宝剑的代称。

诗意：敌军蜂拥而来，犹如黑云翻卷摧毁城墙；铠甲向着太阳，像金色鱼鳞般闪闪发光。军中的号角声已响彻秋夜长空，边塞的泥土在暮色中如胭脂凝成隐隐发紫。红旗半卷，援军赶赴易水；夜寒霜重，鼓声郁闷低沉。为了报答国君的厚爱，手挥宝剑甘愿为国血战到死。

附近的人

韩愈 唐代著名文学家，欣赏李贺，与李贺亦师亦友

皇甫湜（shí） 唐代大臣、文学家，欣赏李贺

沈亚之 唐代文学家，韩愈的门生，李贺的朋友

元稹 唐代著名诗人。据传元稹要去拜访李贺，但元稹考的是明经科，考进士科的李贺看不起他，所以李贺没让他来；还有一说法是，举报李贺父亲"晋"和进士科"进"字同音要避讳的就是他

王安石 宋代著名文学家、政治家，"唐宋八大家"之一。质疑"黑云压城城欲摧，甲光向日金鳞开"不合常理

杨慎 明代著名文学家、政治家，"明代三才子"之首。在其著作《升庵集》中反驳王安石的见解

韩愈、皇甫湜、李贺群聊（3）

韩愈
长吉，你这首《雁门太守行》气势磅礴，实为佳作，你能即席赋诗一首吗？

李贺

这有何难？请看我的《高轩过》。

　　华裾织翠青如葱，金环压辔摇玲珑。
　　马蹄隐耳声隆隆，入门下马气如虹。
　　云是东京才子，文章巨公。
　　二十八宿罗心胸，九精照耀贯当中。
　　殿前作赋声摩空，笔补造化天无功。
　　庞眉书客感秋蓬，谁知死草生华风。
　　我今垂翅附冥鸿，他日不羞蛇作龙。

韩愈、皇甫湜、李贺群聊（3）

韩愈：好一个"我今垂翅附冥鸿，他日不羞蛇作龙"！你好好备考，今科必定高中。

皇甫湜：是啊，到时候我们再把酒言欢。

李贺：我父亲去世了，我要守孝三年。孝期一满我就去赴考，高中后再拜会诸公。

——三年后——

李贺：@韩愈 在吗？

韩愈：长吉，怎样，今科高中了吗？

李贺：我没考。

韩愈：怎么没考呢，你是觉得自己没准备好吗？

李贺：我以后都不能考了！

韩愈：为什么？

韩愈、皇甫湜、李贺群聊（3）

李贺

他们说我爹的名字叫李晋肃，"晋"字与"进士"的"进"字同音，犯了父讳。作为人子，我应该避讳，所以不能参加进士考试。我这次是想向您交代清楚，闪了。

 韩愈

岂有此理！父亲名叫"晋肃"，儿子就不能参加进士科考试？要是父亲名字当中有一个"仁"字，那儿子是不是不能做人了？我要写一篇《讳辩》，为你讨回公道！

包仔、咕咕私聊

包仔

就因为这么奇葩的理由，李贺就考不了科举了？

 咕咕

是啊，中国古代对这个避讳十分讲究。比如说，大家都知道嫦娥，但她的本名是姮娥，就是为了避汉文帝刘恒的讳，才改名叫嫦娥的。

包仔

啊，原来如此。

包仔、咕咕私聊

咕咕

还有观世音菩萨,之所以改称观音菩萨,那是因为要避唐太宗李世民的讳。唐玄宗为什么又称唐明皇呢?因为要避康熙的讳。康熙名玄烨,所以从康熙在位时起,唐玄宗就成了唐明皇了。

包仔

连菩萨都要让路,那韩愈肯定也帮不了李贺,李贺只能自认倒霉了。

○ 音频

🔍 被逐出进士考场的李贺竟是李唐宗亲?

《南园（其五）》：写什么破文章，还不如去建功立业

朋友的新动态

李贺
封侯拜相有哪一个是书生？我要这笔有何用？

南园（其五）

男儿何不带吴钩，
收取关山五十州。
请君暂上凌烟阁，
若个书生万户侯？

♡ 韩愈，皇甫湜，无可和尚，王参元，杨敬之，权璩，崔植

韩愈：  确实委屈长吉了，我替你据理力争都没用啊。

李贺回复韩愈： 万分感激您！要不是得您极力推荐和受宗室之荫，我连这小小的奉礼郎都做不了。只不过做官太憋屈，不想做了。

无可和尚：预祝你成功。

李贺回复无可和尚：不抱太大希望，九州人事皆如此啊。

搜一搜

朋友圈　　文章　　公众号　　小程序

圈子

南园：泛指作者昌谷故居以南的一大片平地。　**吴钩**：吴地出产的弯刀，此处指宝刀。　**凌烟阁**：唐太宗为表彰功臣而建的殿阁。
万户侯：受封食邑达一万户的侯爵，借指高位厚禄。

诗意：男子汉大丈夫为什么不腰带武器，去收复黄河南北被割据的关塞河山五十州呢？请你暂且登上那凌烟阁去看一看，又有哪一个书生曾被封为食邑万户的列侯？

附近的人

王参元、杨敬之、权璩、崔植　　李贺做奉礼郎时结交的朋友
无可和尚　　俗名贾区，贾岛的堂弟，青龙寺高僧，李贺的朋友

吐槽书生群（500）

李贺

唉，读书有何用？竟然以一个不可理喻的理由取消了我的考试资格！要我说，写再多务虚文章，还不如实打实地去建功立业！"不见年年辽海上，文章何处哭秋风。"

喝酒捞月李太白

我挺你！我也考不了科举，就是因为我是商人之子。至于做文章，我也觉得"纵死侠骨香，不惭世上英。谁能书阁下，白首太玄经"。打死不学杨雄啊，头发白了还在写没用的东西。

初唐四杰最稳的杨炯

哈哈哈，我早就说过了，"宁为百夫长，胜作一书生"！

我爱画画王维

虽然我是考了状元的人，但我还是想说一句"忘身辞凤阙，报国取龙庭。岂学书生辈，窗间老一经"。

渤海县侯高适

哎，我写了这么多年的诗，最后能封侯，还是要靠军功啊！"大笑向文士，一经何足穷。古人昧此道，往往成老翁。"

你看梨花开岑参

@高适 "功名只向马上取，真是英雄一丈夫。"我佩服老哥。

吐槽书生群（500）

宋真宗赵恒
你们不要这样好不好？要知道"书中自有黄金屋，书中自有颜如玉"啊。

拍栏杆的辛弃疾
@宋真宗赵恒　放心，我们只是吐槽一下而已，你看这里谁不是才华横溢之人？只不过，有时候也得看上边的大人们会不会用啊！看看我！😓 "却将万字平戎策，换得东家种树书。"

宋真宗赵恒
@拍栏杆的辛弃疾　你说谁？

拍栏杆的辛弃疾
@宋真宗赵恒　问你子孙去。

黄庭坚后人黄景仁
 "十有九人堪白眼，百无一用是书生。"

　　　　　　　　　　　　　　　　包仔
@咕咕　原来这么多人都写过这类诗啊……那他们为什么还要读书呢？

咕咕
你要知道，他们写这些诗，多半都是抒发自己怀才不遇的郁愤，才不是说读书没用呢。如果读书没用，他们的吐槽就是出口成"脏"，而不是出口成章了。说到底，他们还是相信"学成文武艺，货与帝王家"啊。

 **敲黑板喽！意象详解**

　　吴钩：吴钩是春秋时期流行的一种弯刀。所谓"钩"，意思是指刀刃为曲线形的刀。这种刀刃呈曲线状的曲刀，是春秋时代由吴王下令制造的。因其锋利无比，所以留下"吴钩"这个美称。它以青铜铸成，是冷兵器里的典范，充满传奇色彩，后又被历代文人写入诗篇，成为驰骋疆场、励志报国的精神象征。

《马诗(其五)》:良驹何时得驰骋

李贺
马儿如我,我还不如马儿。

马诗(其五)

大漠沙如雪,
燕山月似钩。
何当金络脑,
快走踏清秋。

♡ 韩愈,张彻,郗士美,沈子明

李贺:马儿不得驰骋,始终不如意啊。
郑氏:儿啊,就不要再为写诗呕出心肝了啊。
李贺回复郑氏:母亲,不这样,如何能得佳作?
张彻:有才!何不到昭义军中效力?
郗士美:来吧,这里有的是驰骋的机会。

| 08:30 那些刷爆朋友圈的古诗词 | 99% |

搜一搜　搜索

朋友圈　　文章　　公众号　　小程序

💬 圈子 >

燕山：主要位于今河北省及北京市北部，是中国古代战略要地。　**金络脑**：用黄金装饰的马笼头。

诗意：大漠平沙万里，犹如无边的积雪，月亮高悬燕山之上，恰似一把弯钩。我何时能为骏马戴上黄金笼头，策马踏遍这清爽秋日的原野！

👥 附近的人

郑氏 👤　李贺的母亲，曾见李贺为写诗苦吟而心痛道"是儿要当呕出心乃已耳"

张彻 👤　唐代文人，李贺的朋友，举荐李贺到昭义军节度使郗士美处当幕僚

郗士美 👤　唐代名臣，李贺曾在其帐下效力，后因讨叛无功，告病回洛阳

沈子明 👤　李贺的朋友，据说李贺把自己的诗编好后交与沈子明保存

包仔、咕咕私聊

包仔

李贺的妈妈为什么说李贺为写诗呕出心肝呢？

咕咕

这个故事记载在《李贺小传》里。话说李贺经常出游,带一个小书童跟着他。这个小书童背着一个锦囊,每逢李贺想到什么好的句子就会立刻写下来,然后放进锦囊里。

包仔

这个锦囊能装多少东西啊?

咕咕

反正他妈妈每天帮他整理时,都发现里面装得满满的。李贺会将这些只有一两句话的诗稿补成完整的诗,只要不是碰上他喝醉酒或者吊丧的日子,他天天如是,所以李贺妈妈很心疼儿子,问儿子是不是要把心肝呕出来才罢休啊?

包仔

他不会真的把心肝呕出来了吧?

咕咕

这当然是夸张的说法。不过,这就是成语"呕心沥血"的出处。顺便告诉你,这篇李贺的传记,是唐朝另外一位姓李的大诗人,和李贺并称"三李"的李商隐写的。李商隐对李贺的评价非常高哦。

包仔

原来李商隐是李贺的粉丝。

包仔、咕咕私聊

咕咕

不只他,连"小李杜"里面的杜牧也是李贺的粉丝呢。李贺诗集的序就是杜牧写的。另外,李贺这种苦吟的写诗风格也影响了一大堆诗人,更不要说他开创的"长吉体"诗了。他有好多名句被后人无数次引用呢。

包仔

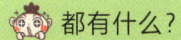 都有什么?

咕咕

最出名的莫过于"天若有情天亦老"这一句了。欧阳修、贺铸、元好问等人都引用过,而传唱度最高的,就是毛主席的"天若有情天亦老,人间正道是沧桑"这一句。

包仔

🍚 可惜李贺二十七岁就病死了,不然一定能写出更多更好的诗!

咕咕

嗯,所以你说的那位"李贺粉"李商隐也很同情李贺!他在传记中还写了一个带有神话色彩的故事,说李贺在临死前,看见一个身穿红衣、驾着赤红虬车的仙人从天而降要带走他,他放心不下年迈的母亲,不想走,但是那个仙人说,不能等了,天帝建了一座白玉楼,缺人写记,其他人都写不来,就看你了。然后,仙人就把李贺接上天了。

 **敲黑板喽！意象详解**

马：马是古代出行的重要倚仗，代表着远游、离别，因此也象征着对家乡、亲友的思念，对离别之苦的感叹，如"挥手自兹去，萧萧班马鸣""山回路转不见君，雪上空留马行处"。

马是驰骋沙场的伙伴，抒发忠君报国、建功立业的志向，带有雄浑、豪迈的气概，如"马作的卢飞快，弓如霹雳弦惊""想当年，金戈铁马，气吞万里如虎"。

纵马奔驰，表达对自由的向往或心情的轻快愉悦，如"春风得意马蹄疾，一日看尽长安花"；也偶有代表事态紧急、心情迫切，如"一骑红尘妃子笑，无人知是荔枝来"。

马是圣贤、人才的象征，如千里马，反过来也代表怀才不遇、英雄暮年，如老骥伏枥。

表现繁华热闹、浩浩荡荡的大排场，如"车如流水马如龙"。

《大林寺桃花》：原来春光都躲到这儿来了

全网广播：814年，唐讨伐淮西。815年，裴度为相，继续讨伐淮西。817年，淮西平。

白居易

我和河南元集虚、范阳张允中、南阳张深之、广平宋郁、安定梁必复、范阳张时及东林寺一众僧人登庐山香炉峰，宿大林寺。这里人迹罕至，孟夏如初春，还有意外收获哦。

大林寺桃花

人间四月芳菲尽，
山寺桃花始盛开。
长恨春归无觅处，
不知转入此中来。

817年 · 庐山

♡ 李绛、元稹、白行简、元集虚、张允中、张深之、宋郁、梁必复、张时

白行简：哥，你那居然有如此好去处，待我来与你一聚。

元稹：听说你被贬江州，我担心死了！"残灯无焰影幢幢，此夕闻君谪九江。垂死病中惊坐起，暗风吹雨入寒窗。"见你那里景色好，还有那么多友人相伴，我才放心。

白居易回复元稹：

武元衡：因为我，连累你了。

白居易回复武元衡：借口而已，早就看我不顺眼了，连看花都能入罪！我偏要看花，还要呼朋唤友去看！

裴度：乐天，放宽心，我会帮你的。

搜一搜 搜索

朋友圈　　文章　　公众号　　小程序

圈子 >

大林寺：位于庐山大林峰，相传为晋代僧人昙诜所建，为中国佛教圣地之一。

诗意：四月时节山下已经是百花凋零，但高山古寺中的桃花才刚刚盛开。我常为春光已逝无处寻觅而伤感，却不知春色已经转到这里来了。

附近的人

李绛　唐代宰相，曾为白居易向唐宪宗开脱
裴度　唐代宰相、文学家，白居易的朋友
元稹　唐代官员、诗人，白居易一生的好朋友

武元衡 唐代宰相,武则天曾侄孙,白居易的朋友。武元衡遇刺身亡,白居易上表主张严缉凶手,被认为越职,贬为江州司马

元集虚、张允中、张深之、宋郁、梁必复、张时 和白居易一起游大林寺的朋友

包仔、咕咕私聊

包仔
为什么白居易说看花也被入罪?看花会犯罪吗?

咕咕
这要从他为什么被贬江州说起了。

咕咕

李纯、李绛私聊

元和九年(814)

李纯
你有没有看过白居易写的十首《秦中吟》和五十首《新乐府》?

 李绛
臣看了。

李纯
是朕看得起他、提拔他,他才有现在的名声。但他竟然写这种诗!对朕太无礼了!

083

包仔、咕咕私聊

李绛
陛下须广开言路。其实他也是一片忠心。

李纯
哼，朕要记在小本本里。

咕咕

< 　　【群臣议事群】（500）　　···

元和十年（815）

李纯
@所有人　武元衡上朝时被刺身亡！！！裴度遇袭受伤！

白居易
岂有此理！藩镇竟如此胆大包天！@李纯　陛下，武元衡遇刺身亡，必须严缉凶手！

李纯
关你什么事？

韦贯之
你是东宫的官，不是言官，你越职就是为了出风头、臭显摆！

张弘靖
就是就是！

李纯
嗯。@白居易　还有大臣给我上表，说你娘赏花时不慎坠井去世，而你还故意写了两首讽喻诗，一首《赏花》，一首《新井》，可有此事？

包仔、咕咕私聊

白居易
 陛下，这两首根本不是那个时候写的！

 李纯
也就是说，确实写了。太不孝了！你去江州当刺史吧。

白居易
陛下，我冤枉啊！

 张弘靖
陛下，白居易这样的德行怎么能做一个郡的长官呢？请陛下三思。

 李纯
好，那就做江州司马！

白居易
……

包仔
啊？这就被贬了？

 咕咕
其实说到底就是他之前写了太多讽喻诗，得罪了皇帝和当权大官。不过，要是没有这一贬，也就不会有那首千古名作《琵琶行》了。

包仔
要背的吗？

08:30 那些刷爆朋友圈的古诗词

包仔、咕咕私聊

咕咕
😋 你说呢。哦，对了，很长的。

包仔
😋 😋 😋 嘻嘻，逗你玩的。学了那么久，我已经摸到门路，不怕背诗了。

🎧 音频

🔍 白居易的"江州司马青衫湿"和江州生活

《左迁至蓝关示侄孙湘》：恐怕，我的大限到了

全网广播：819年，唐平定淄青，成德、卢龙两镇节度使自请入朝，藩镇割据局面暂时平定。

韩愈
该说的话，我一定要说！

> 左迁至蓝关示侄孙湘
>
> 一封朝奏九重天，夕贬潮州路八千。
> 欲为圣明除弊事，肯将衰朽惜残年！
> 云横秦岭家何在？雪拥蓝关马不前。
> 知汝远来应有意，好收吾骨瘴江边。

819年

@ 提醒谁看：韩湘

♡ 韩湘，裴度，崔群，贾岛，孟郊，李翱，张籍，刘禹锡，柳宗元

韩湘：叔公保重！
裴度：前路茫茫，退之保重。到了后记得给皇上上书解释啊。
韩愈回复裴度：谢晋国公说情，退之明白。

李纯：😡 给朕好好反思！

韩愈回复李纯：请陛下再好好想想臣说的话啊！

李纯回复韩愈：😡 你！！！

皇甫镈回复李纯：这种人口没遮拦，不思悔改，陛下对他还是太好了。

< 🔍 **搜一搜** 搜索

朋友圈　　文章　　公众号　　小程序

💬 圈子 >

作者：韩愈（768—824），字退之，自称"郡望昌黎"，世称"韩昌黎""昌黎先生"。唐代著名文学家、思想家，"唐宋八大家"之首。

左迁：降职，贬官。　　**一封**：指一封奏章，即《论佛骨表》。
九重天：古称天有九层，第九层最高，此指朝廷、皇帝。　　**秦岭**：山名，在今陕西蓝田东南。　　**蓝关**：蓝田关，在今陕西蓝田东南。
瘴江：指岭南瘴气弥漫的江流。

诗意：早晨我把一封谏书上奏给皇帝，晚上就被贬官到路途遥远的潮州。本想替皇上扫除有害的事，不能因衰老顾惜余生就缄口不言。阴云笼罩着秦岭，不知家在何处？大雪拥塞蓝关，连马儿也不肯前行。你远道而来，应该知我凶多吉少，正可在潮州那瘴气江边帮我收尸。

附近的人

韩湘　　韩愈侄孙，传说他是八仙中的韩湘子

裴度　　唐代中期杰出的政治家、文学家，替得罪唐宪宗的韩愈说情

崔群　　唐代中后期宰相，曾替得罪唐宪宗的韩愈说情

贾岛、李翱、张籍　　唐代诗人，韩愈的弟子、朋友

孟郊　　唐代诗人，韩愈忘年交（孟郊比韩愈大十七岁）

刘禹锡、柳宗元　　唐代诗人，韩愈的同僚、朋友

皇甫镈（bó）　　唐宪宗后期宠臣，勾结山人柳泌向唐宪宗献长生药。他憎恨韩愈心直口快，阻挠宪宗将韩愈调回京

包仔、咕咕私聊

包仔
咕咕，韩愈诗里面的潮州，是广东的潮州吗？

 咕咕
是的。在唐代，岭南还被认为是荒凉之地，若官员被贬到岭南，可以说是当时最严苛的贬谪了。

包仔
那韩愈是因为什么把皇上气得那么厉害？

 咕咕
马上告诉你。

包仔、咕咕私聊

咕咕

【朝堂议事群】（500）

元和十四年（819）正月

李纯
朕听闻凤翔府法门寺真身塔中有佛骨，已命人前去迎一节指骨入宫廷供奉，众爱卿觉得如何？

皇甫镈
陛下，大家都说好。

李纯
朕还要将其送往各寺庙，要官民敬香礼拜，众爱卿觉得如何？

皇甫镈
陛下，大家都没意见。

韩愈
不好！陛下请看。

韩愈

《论佛骨表》.docx
85KB

李纯
又是你这个韩愈，最爱唱反调！为啥不好？

韩愈
陛下，这样大张旗鼓，劳民伤财，而且老百姓容易仿效，丢弃自己的本分，还有一些愚昧的人可能会自残自伤，这不是好事啊。

包仔、咕咕私聊

李纯
朕自己喜欢，且与众同乐，要你管。

韩愈
以前没有佛的时候，三皇五帝、尧舜禹汤都享高寿，天下太平，后来宋、齐、梁、陈等朝代，越信佛享国越短，这这这……

李纯
太可恶了！你这是诅咒朕吗？我要杀了你！

裴度
陛下息怒啊，请放过韩愈吧！他对陛下是忠心耿耿的！

崔群
陛下息怒啊！听听，朝中一大堆皇亲国戚都替韩愈求情啊！

李纯
好好好，你给我有多远滚多远，滚去岭南的潮州吧！

咕咕
韩愈到了潮州后就上表皇帝，向皇帝解释，唐宪宗气也过了，本想调韩愈回京，但是宪宗的宠臣皇甫镈恼恨韩愈，说韩愈太粗疏狂放了，所以宪宗就把韩愈调去袁州，就是现在的江西宜春。韩愈在潮州只干了八个月。

包仔
还好，时间不长。

包仔、咕咕私聊

咕咕

虽然时间不长,但是韩愈到了潮州后做了很多实事,譬如发展教育、振兴文风、兴修水利、驱除鳄鱼,造福了当地百姓。现在潮州的韩江、韩山,都是为了纪念韩愈而改名的,后人还说"韩愈不幸潮州幸"呢。

包仔

 音频

据说韩愈的侄孙韩湘正是八仙中的韩湘子,还曾度化韩愈呢!

《暮江吟》：日暮江景美如画

全网广播：820年正月，李纯被宦官陈弘志等所弑，庙号宪宗。其子李恒即位（是为唐穆宗）。821年，卢龙、成德镇复叛。822年，魏博镇叛，河北三镇重归独立状态。

 **白居易**
要是还在那个乌烟瘴气的地方，哪里得见如此美景？

暮江吟

一道残阳铺水中，
半江瑟瑟半江红。
可怜九月初三夜，
露似真珠月似弓。

杭州

♡ 元稹，韩愈，李绅，李建，王起，崔玄亮

李绅：前两年那事，真的不好意思啊。

白居易回复李绅：短李，不说了。

元稹：当时我们也没考虑这么多。

白居易回复元稹：😄 莫言公事，只谈风月。

王起：你为什么要请求外任？不是因为那件事吧？

白居易回复王起：我哪里有这么小气？只是觉得既然我的意见不被接纳，不如外任更好。

搜一搜

朋友圈　　文章　　公众号　　小程序

圈子 >

瑟瑟：原意为碧色珍宝，此处指碧绿色。　　**可怜**：可爱。
真珠：珍珠。

诗意：夕阳残晖映照水面，波光粼粼，一半碧绿一半殷红。九月初三的夜晚真是可爱，露珠犹如珍珠，新月仿佛弯弓。

附近的人

韩愈　唐代著名文学家、思想家，"唐宋八大家"之首，白居易的同僚、朋友

李绅　唐代宰相、诗人，白居易的朋友

崔玄亮　与白居易同年进士及第，白居易的朋友

李建、王起　与白居易同年参加吏部考试，白居易的朋友

包仔、咕咕私聊

> 包仔
> 咕咕，这条朋友圈好多瓜，我又来吃瓜了。

 咕咕
你又想吃什么瓜？

> 包仔
> 李绅、元稹两年前对白居易做了什么？

 咕咕
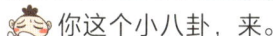你这个小八卦，来。

 咕咕

李绅、段文昌私聊

长庆元年（821）

> 李绅
> 今科进士考试我们要求关照的人没考中啊，牛党的却考中了。

 段文昌
岂有此理，去告他们！

 咕咕

群臣议事群1（500）

 段文昌
@李恒　启奏陛下，今科礼部贡举不公！中书舍人李宗闵的女婿苏巢、考官杨汝士的弟弟杨殷士、宰相裴度的儿子裴撰都考上了，他们分明就是关系户！

包仔、咕咕私聊

李恒
哦？有这样的事吗？

李德裕
有，李宗闵他们太可恶了，这明显就是走后门！

元稹
是啊，应该重考！

李恒
好，那就重考吧。至于重考的考官，就白居易和王起吧。

白居易
@李恒　陛下，我要申报利益相关。杨汝士是我妻子的堂兄，李宗闵也算是我的门生，我是不是该避嫌比较好呢？

李恒
朕相信你。

复试后

王起
启奏陛下，复试十四人只有三人合格。苏巢、杨殷士、裴撰都没份。

白居易
陛下，这复试严格了很多，考试时长从一晚变成两支蜡烛的时间，还不许带书……我看，原来的结果也不宜废掉。

包仔、咕咕私聊

李德裕
陛下，这恰恰说明之前的考试结果确实有问题！应该严惩！

元稹
之前的考试结果确实有问题+1！必须严惩！

白居易
@元稹　你……

李恒
好。李宗闵贬剑州刺史，杨汝士贬开江令。

包仔
元稹和白居易不是很好的朋友吗，怎么会不给白居易面子呢？

咕咕
包仔，这就要说到唐代的"牛李党争"了。你可以理解为是以牛僧孺为领袖的牛党与以李德裕为领袖的李党之间持续近四十年的政治斗争。有很多我们熟悉的大诗人都牵扯到"牛李党争"里面，比如杜牧、李商隐、李绅、元稹等。

包仔
那白居易是哪个党？

包仔、咕咕私聊

咕咕

白居易什么党都不是，就是骑墙派，政治观点可能和牛党相近一点。但是他很聪明，游走于两派之间。他的好朋友元稹是李党的，但李党党魁李德裕并不喜欢白居易。

包仔

啊？那么元白的友情……

咕咕

他们分得很清楚，私交归私交，政见归政见。白居易对元稹和李绅在官场上的行为十分不满，因为李党大力攻击牛党，元稹为了当宰相还不断排挤裴度，白居易甚至还上过一道《谏请不用奸臣状》，里面的奸臣指的就是元稹。

包仔

 这好像有点分裂哦……

咕咕

反正公事完全没有影响他们的私交。白居易曾经写过"每被老元偷格律，苦教短李伏歌行"。李绅身材矮小，所以白居易笑他是短李。要不是极好的朋友，怎么会开这样的玩笑呢？

包仔

但白居易被元稹、李绅逼走了呀。他不生气吗？

咕咕

你想多了。他是因为上书河北军事不被采用，这才申请外任的。而且他就任的是杭州，鱼米之乡，风景秀丽，可不是什么穷山恶水的地方哦。

 敲黑板喽！意象详解

夕阳：日暮西山，表达人生迟暮、生命短暂的悲叹。如"夕阳无限好，只是近黄昏"；也有诗词将这意象反用，表达更应珍惜光阴、更加奋发的意思，如"老牛自知夕阳晚，不用扬鞭自奋蹄"。

夕阳给人一种苍凉感，常与衰败的景象并用。如"朱雀桥边野草花，乌衣巷口夕阳斜"。

日落象征回归，借以表达羁旅思乡之情，如"夕阳西下，断肠人在天涯""浮云游子意，落日故人情"。

日落时景色壮美，尤其在茫茫大漠或浩瀚烟海的衬托下，因此也可渲染一种宏大的意境，如"大漠孤烟直，长河落日圆"。也有单纯写景的诗句，如这首《暮江吟》。

《早春呈水部张十八员外（其一）》：早春的景色远胜晚春

韩愈
张十八，喊你呢。我们去春游吧。

早春呈水部张十八员外
（其一）

天街小雨润如酥，
草色遥看近却无。
最是一年春好处，
绝胜烟柳满皇都。

823年

@ 提醒谁看：张籍

♡ 张籍，刘禹锡，李翱，贾岛，白居易

张籍：老师，不是我不愿意跟您去游春，实在是我事务繁忙而又年纪老迈啊！

韩愈回复张籍：得，得，你忙，我闲着呢。"莫道官忙身老大，即无年少逐春心。"

张籍回复韩愈：

白居易：哈哈，我在杭州，这里的春色更迷人。

韩愈回复白居易：你之前放我鸽子，我还记着呢！

搜一搜　搜索

朋友圈　　　文章　　　公众号　　　小程序

圈子 >

水部张十八员外：张籍在同族兄弟中排行第十八，又曾任水部员外郎，故名。　**天街**：京城的街道。　**酥**：动物的油脂，这里形容春雨的细腻。　**皇都**：这里指长安。

诗意：长安街上细密的春雨润滑如酥油，远望草色依稀连成一片，近看时却显得稀疏。一年之中最美的就是早春的景色，远胜于绿柳满长安的晚春。

附近的人

白居易　唐代著名诗人，韩愈的朋友、同僚

张籍　唐代诗人，韩愈的弟子，受韩愈指点、提携

包仔

原来白居易曾经放了韩愈鸽子。

 咕咕

是啊,那场聚会是在韩愈写这首诗的两年前,因为那场聚会,韩愈、张籍和白居易三个还打过一场口水仗呢。

 咕咕

韩愈、张籍、白居易群聊(3)

长庆元年(821)

韩愈

兄弟们,我们回长安后都没怎么聚过。春暖花开了,去踏春吧。

 张籍
老师,收到。你约,我到。

 白居易
好的,哪里?

韩愈
就曲江吧。

 白居易
哎呀,我前两天和张水部去过了呀。

 张籍
是啊,我还写了诗呢。
　　曲江冰欲尽,风日已恬和。
　　柳色看犹浅,泉声觉渐多。
　　紫蒲生湿岸,青鸭戏新波。
　　仙掖高情客,相招共一过。

包仔、咕咕私聊

白居易
好诗好诗,当时风景真好,我们也玩得开心。

韩愈
去了可以再去啊,我还没去呢。

张籍
好的,老师。

白居易
哦,看看吧。

韩愈
@白居易 你个老白放我鸽子,幸亏还有张水部陪我!不行,我得写首诗"质问"你。

同水部张员外籍曲江春游
寄白二十二舍人
漠漠轻阴晚自开,青天白日映楼台。
曲江水满花千树,有底忙时不肯来。

白居易
哎呀,我都去过了。再说,我家这两天的景色也很不错,何必踩得满脚泥呢?

酬韩侍郎、张博士雨后游曲江见寄
小园新种红樱树,闲绕花行便当游。
何必更随鞍马队,冲泥蹋雨曲江头。

张籍
哎!两位,不要这样啦!

《钱塘湖春行》：杭州春游打卡必到指南

白居易
杭州景美，不念长安。

钱塘湖春行

孤山寺北贾亭西，水面初平云脚低。
几处早莺争暖树，谁家新燕啄春泥。
乱花渐欲迷人眼，浅草才能没马蹄。
最爱湖东行不足，绿杨阴里白沙堤。

杭州

♡ 元稹，刘禹锡，韩愈，李绅，李建，王起，崔玄亮，徐凝，张祜

元稹：老白，我到浙东了，近得很！什么时候聚聚？

白居易回复元稹：我都行。

元稹回复白居易：对了，老白，你的诗篇记得给我，我帮你编集。

韩愈：景色这么好啊？

白居易回复韩愈：嗯，我申请外任是值得的。

刘禹锡：我在夔州，虽然不近，但也可以计划一下。

白居易回复刘禹锡：嗯嗯！通信那么久，早就像老熟人一样，一定能见上的。

徐凝：万幸得元白赏识！可惜"一生所遇唯元白，天下无人重布衣"。

张祜回复徐凝：😊 我就没这么幸运了！

搜一搜　　搜索

朋友圈　　文章　　公众号　　小程序

圈子

钱塘湖：杭州西湖。　　**孤山**：在西湖的里、外湖之间，因与其他山不相连，所以称为孤山。上有孤山亭，可俯瞰西湖全景。　　**贾亭**：又叫贾公亭。西湖名胜之一，唐代贾全所筑。　　**白沙堤**：白居易所建湖堤，在孤山的东北面。

诗意：春游行至孤山寺北、贾公亭西，春水与堤平齐，和云连成一片。几只早出的黄莺争相飞往向阳的树木，谁家新飞来的燕子忙着筑巢衔泥。纷繁的花朵渐渐开放使人眼花缭乱，浅浅的青草刚好能遮没马蹄。湖东的景色真是让人流连忘返，最为可爱的还是那绿杨掩映的白沙堤。

附近的人

刘禹锡　唐代著名诗人，白居易的至交好友
徐凝　　唐代诗人，为白居易所赏识
张祜（hù）　唐代诗人，在白居易做评判的比诗中输给了徐凝

包仔、咕咕私聊

包仔
那个徐凝和张祜是怎么回事啊？

咕咕
哈哈，这又是一段诗坛故事。我带你去看一下。

咕咕

杭州开元寺赏牡丹群（36）

徐凝
这牡丹开得真茂盛！

惠澄
这牡丹种是京师的，其他地方可没有。

徐凝
看得我诗兴大发！@白居易　献丑了。

题开元寺牡丹
此花南地知难种，惭愧僧闲用意栽。
海燕解怜频睥睨，胡蜂未识更徘徊。
虚生芍药徒劳妒，羞杀玫瑰不敢开。
惟有数苞红萼在，含芳只待舍人来。

包仔、咕咕私聊

白居易
好！牡丹好，这诗更好！

张祜
哎呀，上线晚了。@白居易 在下张祜，特来取解，求您推荐我为第一。

包仔
@咕咕 什么是取解啊？

咕咕
@包仔 就是中晚唐时的举子如果不能在自己家乡获得举荐，还可以拿着自己的诗文去别的地方求人荐举。

徐凝
@张祜 不好意思，这第一，我也想要！

白居易
两位何不比一比？

张祜
我声名远播，这个第一非我莫属。

徐凝
你有何佳句？

张祜
我写甘露寺的诗里有"日月光先到，山河势尽来"，写金山寺的诗里有"树影中流见，钟声两岸闻"。

徐凝
哟，是不错。但是怎么比得上我的"今古长如白练飞，一条界破青山色"呢？

108

包仔、咕咕私聊

 白居易
@徐凝 好！此句一出，解元必是你的！

包仔

我记得在李白《望庐山瀑布》的朋友圈看过徐凝这句诗，还被苏东坡说，庐山的瀑布都懒得洗净徐凝的这首恶诗，没想到白居易那么喜欢。那徐凝后来有考上解元吗？

 咕咕

没有。按照书里的记载，说徐凝觉得白居易有点偏袒自己，所以和张祜都放弃了这次考试。后来他到长安求取功名，因为不愿拜谒显贵，所以多年来都一无所获。

包仔

那张祜呢？

 咕咕

张祜在这次比赛中落败，有人说是因为他当年被令狐楚推荐时，白居易的好朋友元稹认为张祜只有雕虫小技，所以白居易就有了预判立场。据说后来，杜牧也写了首诗为张祜鸣不平，说白居易对张祜的才华视而不见。

《浪淘沙（其一）》：凭借黄河上银河

刘禹锡

不是被贬，就是在被贬的路上，怕过谁？

> ### 浪淘沙（其一）
>
> 九曲黄河万里沙，浪淘风簸自天涯。
> 如今直上银河去，同到牵牛织女家。

♡ 韩愈，裴度，白居易，柳宗元，裴昌禹，令狐楚

裴度：上次帮你从播州改到连州已是幸运，没想到你又要去夔州！话说梦得你该收敛一下了！

刘禹锡回复裴度：收敛就不是我刘梦得了。不过，你一说起往事，我又想起子厚了。

柳宗元回复刘禹锡：我的孩儿，我的诗集，都拜托你了！

朋友圈

刘禹锡回复柳宗元：子厚放心，昔日以柳易播的情景仍历历在目，必不负所托！

白居易：题为《浪淘沙》？按曲填词，妙啊！还有吗？

刘禹锡回复白居易：当然有，除了九首《浪淘沙》，我还有一大堆《竹枝词》呢。

白居易回复刘禹锡：好想早日见面啊！

搜一搜

搜索

朋友圈　　文章　　公众号　　小程序

圈子

浪淘沙：本为六朝民歌的题目，唐代成为教坊乐曲名。
浪淘：波浪淘洗。　　**簸**：掀翻，上下簸动。

诗意：九曲黄河带着绵延万里的泥沙，从遥远的天边奔腾而来。如今我要直奔它的源头银河，和传说中的古人一同去到天上牛郎织女的家。

附近的人

裴度	唐代著名政治家、文学家，欣赏、帮助刘禹锡
白居易	唐代著名诗人，刘禹锡的好朋友，两人并称"刘白"
裴昌禹	刘禹锡的童年好友、邻居
令狐楚	唐代政治家、文学家，和刘禹锡互有诗作唱和

111

包仔、咕咕私聊

> 包仔
> 咕咕，你上次说有故事，该说了吧？

 咕咕

这刘禹锡的故事多半都和他被贬谪有关，你看，他又被贬出来了。

> 包仔
> 你上次不是说他在朗州待了九年终于回京了吗，而且是和好朋友柳宗元一起回去，怎么又被贬了？

 咕咕

他回到长安，椅子还没有坐热呢，就又被贬了，而且被贬的地方换来换去，天南地北。不过，患难见真情，这次也让刘禹锡看到了柳宗元对自己的真挚情谊。

 咕咕

刘禹锡、柳宗元私聊

元和十年（815），长安玄都观

> 刘禹锡
> 子厚，我们终于回来了！

 柳宗元

是啊，十年了！咦，这玄都观多了这么多桃花啊，还真是漂亮啊！

> 刘禹锡
> 嘿嘿，这些都是我们走了之后才种的啊，我们在的时候哪有这些花。哈哈，有了，看我这一首《元和十年自朗州至京戏赠看花诸君子》。

咕咕

刘禹锡
紫陌红尘拂面来,无人不道看花回。
玄都观里桃千树,尽是刘郎去后栽。

 柳宗元
梦得,那些在你离开长安后才得以上位的小人看到这诗,也许会以为你用桃花讽喻他们,恐怕又会惹出事!

刘禹锡
怕啥?要是刘郎没走,这花能种能开吗?

 咕咕

群臣议事群1(500)

元和十年(815)

李纯
岂有此理!这刘禹锡不识好歹,回来还作讽刺之语,柳宗元居然也附和他!好,把这个柳宗元贬去柳州,刘禹锡嘛,有多远滚多远,去播州吧。

 柳宗元
不行啊皇上!播州这地方不是人住的!梦得还有八十岁母亲在堂,要是同去,其母必死;要是不同去,也是要他们死别啊!臣申请以自己的柳州换刘梦得的播州,望皇上开恩!

李纯
好你个柳宗元,这都能换吗?

包仔、咕咕私聊

咕咕

 御史中丞裴度
请皇上开恩，柳子厚说的不无道理。贬谪地不能换，但是改一改还是可以的。皇上是仁德之主，必不会让臣下生离死别。

李纯
好吧，既然连你也为他说情，那就把刘禹锡的播州改为连州吧。不许再谏了！

咕咕

 柳宗元
梦得啊，好不容易才由播州改连州，你要保重啊！

刘禹锡
子厚欲以柳易播，此等隆情高谊，不知如何报答。

 柳宗元
你以后不要再乱说话就好。

刘禹锡
这，可说不准！

包仔
 刘禹锡这句话是不是代表还有故事？

咕咕

当然有！刘禹锡嘴欠的本事无人能敌，十四年后，非要在玄都观上再恶心一拨人。关于这个故事，你扫码听音频吧。

敲黑板喽！意象详解

牛郎织女：这是我国著名的民间传说之一，从牵牛星、织女星的星名衍化而来，传说版本众多。相传天帝的孙女织女擅长织锦，每天给天空织造云霞。她厌倦了这种生活，偷偷下凡，嫁给河西的牛郎，过上了男耕女织的生活。天帝大怒，以银河阻隔织女与牛郎见面。牛郎织女坚贞的爱情感动了喜鹊，无数喜鹊在七月七日搭成一道跨越银河的鹊桥，让牛郎织女相会。

唐诗中经常出现牛郎织女的意象，多用来表述离别之苦、两地分居的无奈、稍纵即逝的美好、忠贞不渝的爱情等。同时，织女也是心灵手巧的象征，代表美好的女性形象；而牛郎则是勤奋淳朴的象征，代表理想的男性形象。

这首诗的作者刘禹锡也曾身居高位，踌躇满志地参与了"永贞革新"，但这场改革只持续了一百多天就以失败告终。因此，在这首诗里，作者还寄寓了欲"直上银河"的理想和无惧风浪的精神，哪怕再被流放万里，仍然初心不改。

《望洞庭》：在贬谪路上愉快玩耍吧

刘禹锡

全网广播：824年正月，李恒去世，庙号穆宗，其子李湛即位（是为唐敬宗）。

刘禹锡

被贬又如何，权当游山玩水。

> **望洞庭**
>
> 湖光秋月两相和，潭面无风镜未磨。
> 遥望洞庭山水翠，白银盘里一青螺。

824年秋

♡ 裴度，白居易，韩愈，柳宗元😊，元稹，杨巨源

裴度：梦得啊，写写诗就好，那句话就不要说了，省得被人穿小鞋。

刘禹锡回复裴度：不怕，多少次贬谪我都过来了，还怕人穿小鞋？

白居易：梦得梦得，我们加好友很久了，什么时候见一次面？🙈

刘禹锡回复白居易：🙈找机会吧，我们都在外放，要见面还真不容易,过两年看看。
韩愈:梦得,我病躯沉重,想你啊!
柳宗元 😢:梦得,我也想你!
刘禹锡回复柳宗元 😢:😭 你和韩退之又戳我伤心处!
和州知县:哟,权当游山玩水?好,你等着。

< 🔍 搜一搜　　搜索

朋友圈　　文章　　公众号　　小程序

💬 圈子 >

洞庭:湖名,在今湖南省北部。　　**镜未磨**:古人的镜子用铜磨制而成,故此常有"磨镜"的说法。

诗意:洞庭湖的水光与秋月交相融合,水面波平浪静,就像未打磨的铜镜。远望洞庭湖,山水一片翠绿,恰似白银盘上托着一枚青螺。

< 　　👥 附近的人　　　　···

元稹 👤　唐代大臣、文学家,刘禹锡的好朋友
杨巨源 👤　唐代诗人,与刘禹锡互有诗作唱和

14:30 那些刷爆朋友圈的古诗词 60%

包仔、咕咕私聊

包仔
刘禹锡又被贬了？多少次了？

 咕咕
反正以他的性格啊，不是被贬，就是在被贬的路上，但是刘禹锡心态好啊，被贬对他来说，根本不是一个值得烦心的问题。你看，这首诗就是他被贬和州时写的。

包仔
但刘禹锡那股嘚瑟劲，好像又得罪那个和州知县了……

 咕咕
放心，他处理得来。

 咕咕

和州知县
你就是那个著名的刺儿头刘禹锡吧。

刘禹锡
不敢当。

和州知县
以你的职位，本应安排你在衙门内居住，但恰好安排满了，麻烦你去城南面江而住吧。

刘禹锡
好哒。

和州知县
嘿嘿，你天天要赶路进城，累不累呀？

118

包仔、咕咕私聊

咕咕

刘禹锡
 天天看美景看得有点累。面对大江观白帆，身在和州思争辩。

和州知县
哦？那请你去城北住吧，城南的居所有其他用途了。

刘禹锡
可以。

和州知县
怎么样？之前的屋子有三间房，这屋子只有一间半，会不会小了点儿？

刘禹锡
这里河水荡漾，柳树依依，环境还不错，真是"垂柳青青江水边，人在历阳心在京"。

和州知县
这样……那要再劳驾你挪个窝，到城中心住了。

刘禹锡
随便。

和州知县
如何呀？这间房子只能容下一床、一桌、一椅，是不是太挤了？

刘禹锡
嗯，确实是间陋室。待我写篇《陋室铭》，找人刻块石碑立在门前装点一下。
山不在高，有仙则名。水不在深，有龙则灵。斯是陋室，惟吾德馨。苔痕上阶

14:30 那些刷爆朋友圈的古诗词

包仔、咕咕私聊

 咕咕

绿,草色入帘青。谈笑有鸿儒,往来无白丁。可以调素琴,阅金经。无丝竹之乱耳,无案牍之劳形。南阳诸葛庐,西蜀子云亭。孔子云:何陋之有?

 和州知县

包仔

原来《陋室铭》是这么来的啊!

 咕咕

没错。和州知县三次刁难,刘禹锡都乐观以对,唯有如此豁达的心境,才担得起"诗豪"这个称号啊!

120

《乌衣巷》：沧海桑田，世事变迁

刘禹锡

朋友的新动态 >

刘禹锡

世事多变，荣辱无常。从古到今，莫不如此。

乌衣巷

朱雀桥边野草花，
乌衣巷口夕阳斜。
旧时王谢堂前燕，
飞入寻常百姓家。

♡ 裴度，白居易，元稹，韦应物，李德裕，崔玄亮

裴度：好诗，真是身临其境。

刘禹锡回复裴度：见笑了。我年少时游过江南，但没去过金陵，后来做了历阳郡守，也只是踮起脚远望而已。刚好有人叫我看他的《金陵五题》，我就突然有了各种浮想。

白居易：写得真好！尤其是第一首《石头城》！你叫以后

的诗人怎样下笔呀？

刘禹锡回复白居易：虽然后面的《乌衣巷》《台城》《生公讲堂》和《江令宅》这四首都不及《石头城》好，但应该也不会辜负你这番称赞的！

王导：王家已衰！

谢安：谢家没落！

刘禹锡：楼上两位，兴衰成败的更迭是常态，无须喟叹。王谢两家的璀璨，仍然在长河中闪耀。

清·施补华："旧时王谢堂前燕，飞入寻常百姓家"，如果理解为燕子去了其他地方，那就太呆板了。燕子仍入此堂，但王、谢零落，已化作寻常百姓。这样理解则感慨无穷。

六 搜一搜

搜索

朋友圈　　文章　　公众号　　小程序

圈子 >

乌衣巷：位于今江苏南京，秦淮河之南，与朱雀桥相近。三国时期吴国曾设军营于此，军士都穿黑衣，故名乌衣巷。　　**朱雀桥**：六朝时金陵（今江苏南京）正南朱雀门外横跨秦淮河的大桥。

王谢：王导和谢安，二人是东晋名相，王家、谢家为当时的门阀世族。

诗意：朱雀桥边冷清荒凉长满野草野花，乌衣巷口断壁残垣与斜阳相映。从前在王谢豪门檐下筑巢的燕子，如今飞进的是平常百姓人家。

附近的人

韦应物 中唐诗人、大臣、藏书家，刘禹锡的朋友

李德裕 唐代著名政治家，"牛李党争"中的李党党魁，与刘禹锡互有诗作唱和

崔玄亮 唐代大臣，与刘禹锡互有诗作唱和

王谢争锋群（88）

包仔
> 王谢家族好像很厉害哦！

 咕咕
> 没错，这两家是真正意义上的百世豪门，牛人辈出，随便一个出来报个名号，都惊得你掉下巴。有请各位神仙人物出场亮个相。

 王导
> 我是王家代表王导，出身于魏晋名门琅琊王氏，为晋元帝司马睿拉拢南方士族、安抚南渡的北方士族，被拜为丞相，奠定了东晋的政权。

 王羲之
> 我是人称"书圣"的王羲之，我那被誉为"天下第一行书"的《兰亭集序》无人不知。

 王敦
> 别漏了我王敦，我可是东晋大将军，带兵直奔建邺，连司马睿都拿我没办法。要不是我那族弟王导从中作梗，没准天下就姓王不姓司马了！

王谢争锋群（88）

王导
@王敦 世人都说"王与马共天下"了，还不够吗？

王祥
我们王家不只出丞相将军。幸好我们王家还有我这个记入《二十四孝》的"孝圣"，我"卧冰求鲤"的事迹可谓流芳百世。

王戎
@王祥 祖上，我是"竹林七贤"中年纪最小的，也是出名的大孝子，"王戎死孝"说的就是我。我还有一个特殊技能——直视太阳而不目眩，真是目光如电啊。

王献之
@王羲之 我随我爹，行书、草书皆举世闻名，还有幸与父亲并称"二王"。其实，我的哥哥们也个个是书法好手。

谢安
好，现在轮到我们谢家了吧？我是谢家代表谢安，通音律，善草书，人称"风流宰相"，还有本事以鸡蛋磕碎石头——以八万精兵奇胜前秦苻坚八十万大军的淝水之战，正是我主导的。

谢玄
@谢安 叔叔举贤不避亲，任命我为淝水之战的先锋。以妙计令前秦八十万大军闻风声鹤唳吓得草木皆兵的，正是我。

14:30　那些刷爆朋友圈的古诗词

王谢争锋群（88）

谢道韫

我们谢家出人杰，不仅男儿优秀，女儿家也毫不逊色。@谢安　感谢叔叔的悉心栽培，让我习得"咏絮之才"，还煞费苦心地为我操办亲事。可惜千挑万选，选了"书圣"最平庸的儿子王凝之！在会稽之乱中，我一介女流尚且还挥刀砍杀了几十个敌兵，他却不思抵抗，反而去求助于鬼兵，害得自己身首异处不说，还让我四子一女全丧了命！

谢灵运

我是著名驴友，山水诗派的开山鼻祖，在祖国的大好河山留下了不少"到此一游"。后世诗词中的"谢客""谢公""大谢"，说的就是我。

谢朓

我是后世诗词中出场率很高的"小谢"，著名的"永明体"诗人，连唐代的"诗仙"李白都是我的超级粉丝。

包仔　
咕咕，我的眼珠子和下巴还在吗？

咕咕

还在，还在，我帮你接住了。

令白乐天赞不绝口的《金陵五题·石头城》到底妙在何处?

《酬乐天扬州初逢席上见赠》：蹉跎至暮年的初见

全网广播：826年十月，李湛为宦官刘克明等所杀，庙号敬宗，其弟李昂即位（是为唐文宗）。

刘禹锡

终于相见了！谢谢你的诗，我也来一首。

> **酬乐天扬州初逢席上见赠**
>
> 巴山楚水凄凉地，二十三年弃置身。
> 怀旧空吟闻笛赋，到乡翻似烂柯人。
> 沉舟侧畔千帆过，病树前头万木春。
> 今日听君歌一曲，暂凭杯酒长精神。

826年 · 扬州

♡ 白居易，元稹，令狐楚，裴度，韦应物，韩愈，柳宗元，王播

刘禹锡：首先要感谢淮南节度使的宴请，否则，也不知道何时才能与白乐天见面啊！

王播回复刘禹锡：能请来两位大诗人，是我的荣幸！

白居易：我终于能和梦得见面了！我替你不平，真是"举眼风光长寂寞，满朝官职独蹉跎"！没想到梦得如此豁达，我望尘莫及。

柳宗元 😊：🤪 梦得有新朋友了。
韩愈 😊：🤪 梦得有新朋友了。
刘禹锡：子厚、退之，我想你们啊，就如向秀想念嵇康、吕安一样。
白居易：请两位放心，我和梦得一醉一陶然。
刘禹锡回复**白居易**：今日只是匆匆相见，他日定必有机会长聚。

〈 六 **搜一搜**　搜索

朋友圈　　文章　　公众号　　小程序
💬 圈子 〉

酬：答谢。　　**乐天**：指白居易（字乐天）。　　**巴山楚水**：指四川、湖南、湖北一带。古时四川东部属于巴国，湖南北部和湖北等地属于楚国。　　**闻笛赋**：指西晋向秀的《思旧赋》。三国曹魏末年，向秀的朋友嵇康、吕安因不满司马氏篡权而被杀害。后来，向秀经过嵇康、吕安的旧居，听到邻人吹笛，不禁悲从中来，作《思旧赋》。

诗意：我在那巴山楚水的凄凉之地，度过了二十三年沦落的光阴。思念故友只能吹笛赋诗，归来发现已非旧时光景。沉船的旁边仍有千艘船驶过，病树的前头早已是万木争春。今天听了你为我吟诵的诗篇，暂且借这杯美酒振奋精神。

王播 时任淮南节度使，设宴邀请罢和州刺史奉调回京的刘禹锡及因病从苏州刺史任上去职的白居易，令两位大诗人终于在暮年得以相见

刘禹锡、白居易私聊

你已添加了白居易，现在可以开始聊天了

刘禹锡
我是河南人。

 白居易
我也是河南人。

刘禹锡
我大历七年（772）生。

 白居易
我也是大历七年（772）生。

刘禹锡
缘分啊！

 白居易
约吗？

刘禹锡、白居易私聊

贞元三年（787）

 白居易
我去长安了。你快来，我等你。

刘禹锡
哇，十六岁就去求功名，真有拼头！我晚点到哈。

贞元六年（790）

刘禹锡
我也来长安了，虽然晚了你三年。你在长安哪里？我先去考试了，他日朝堂见。

贞元十六年（800）

 白居易
我三十了，终于考上了。之前都不好意思跟你说。你呢？

刘禹锡
我二十二就考上了，现在去了淮南节度使那里。

 白居易
总是缘悭一面。

刘禹锡
见面看机缘，先做笔友吧。

刘禹锡、白居易私聊

白居易
写写写,我写一百首诗给你!等你回诗哦!。

刘禹锡
吟君遣我百篇诗,使我独坐形神弛。

宝历二年(826),扬州

白居易
终于见面了!可惜开心的时间过得特别快,就这么见一见,又要走了。

刘禹锡
肯定还有机会的。

开成元年(836),洛阳

刘禹锡
老白,我来了!我就说有机会的嘛。

白居易
哈哈哈,我们要来个娱乐大串烧,什么骑马赏花、泛舟戏水、喝酒吟诗,要整个套餐玩十遍!外头都叫我们刘白二狂翁,这让我有了个计划。

刘禹锡
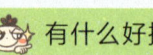有什么好搞头?

白居易
我们有这么多唱和的诗句,不如结集出版吧。一定热销!

刘禹锡、白居易私聊

刘禹锡

> 好，就叫《刘白唱和集》，绝对脱销！

 敲黑板喽！意象详解

　　烂柯人：相传晋人王质上山砍柴，看见两个童子下棋就停下观看，一边看还一边吃童子递来的形似枣核的东西，吃下后就不觉饿了。当他看到棋局终了，才发现手中的斧柯（斧柄）已经朽烂；回到村里，才知道已过了一百年，同代人均已亡故。因此，"烂柯人"常被用来形容人世间的沧桑巨变，也指代离家久远刚刚回家的人。类似的故事还有晋干宝《搜神记》和南朝刘义庆《幽明录》记载刘晨、阮肇遇仙的故事。

音频

🔍 唐代的超级畅销书

《无题·相见时难别亦难》:总而言之,我"太南了"

李商隐
不能再多说了,你懂的……

无题

相见时难别亦难,东风无力百花残。
春蚕到死丝方尽,蜡炬成灰泪始干。
晓镜但愁云鬓改,夜吟应觉月光寒。
蓬山此去无多路,青鸟殷勤为探看。

蓬莱仙人:以这修为,恐怕还登不了蓬莱哈。
李商隐回复蓬莱仙人: 给鄙人留点念想好吗?
青鸟:能不能帮你,还要请示西山王母娘娘。
西山王母回复青鸟:你觉得我会成全这种事吗?想想牛郎织女的下场!

令狐楚：写得真不错！来我门下好好学习，前途无可限量啊！我愿将我毕生所学倾囊相授！

李商隐回复令狐楚：🙇 拜谢！您的恩德，我无以为报！

🔍 **搜一搜** 　搜索

朋友圈　　　文章　　　公众号　　　小程序

💬 圈子 >

作者：李商隐（约813—约858），字义山，号玉溪生，晚唐著名诗人，和杜牧并称"小李杜"，和温庭筠合称"温李"。

无题：唐代以来，有的诗人不愿标出表示主题的题目时，常用《无题》作为诗的标题。　　**丝方尽**：丝与思同音，以"丝"喻"思"，含相思之意。

诗意：相见很难，离别更难，何况在这东风无力、百花凋谢的暮春时节。春蚕结茧，到死时丝才吐完；蜡烛要烧成灰烬时，像泪一样的蜡油才能滴干。早晨梳妆照镜，只担忧如云的鬓发改变颜色，容颜不再。长夜独自吟诗不寐，必然感到冷月侵人。蓬莱山离这儿不算太远，却无路可通，可望而不可即，真希望有青鸟一样的使者能为我殷勤地去探看她。

👥 **附近的人**

令狐楚 👤　李商隐的恩师，"牛李党争"中牛党重要人物

包仔、咕咕私聊

包仔
李商隐好像很感激令狐楚哦。

 咕咕
如果你知道令狐楚是怎么对待李商隐的,你就会明白了。

 咕咕

令狐楚
十六岁就写得一手好文章,不得了啊!你将来一定是国之栋梁!——咕咕注解:慧眼识珠的知遇之恩。

令狐楚
你的古文写得非常漂亮,但他日为官要用的是骈文。来,我教你实用性公文写作。只要骈文写好了,你才有从政的基础。——咕咕注解:毫不保留的栽培之恩。

令狐楚
义山,我带你去结识文坛大佬们,进了圈才能站稳脚跟。你看,那位是大名鼎鼎的香山居士白乐天!——咕咕注解:牵线搭桥的领路之恩。

令狐楚
义山,你满师了,在圈子里也人气爆棚,进京考试吧!没钱不要紧,我给你出路费!——咕咕注解:慷慨解囊的资助之恩。

包仔、咕咕私聊

咕咕

令狐楚
义山，我知道自己快不行了……我有些话还要向皇上禀报，但怕自己头昏脑涨、言辞不当。你来代我写吧，这样我才放心。——咕咕注解：推心置腹的信赖之恩。

包仔
好感动啊！要是我，我也一辈子感激他！

咕咕
李商隐对令狐楚是无比尊敬的，跟令狐楚儿子令狐绹的关系也很好，但是……为什么往往就在这种时候出现"但是"呢？

包仔
别卖关子了！

咕咕
我很想告诉你，但是……一次说完就没意思啦。

包仔

137

 敲黑板喽！意象详解

春蚕："春蚕到死丝方尽"，春蚕是执着、忠贞、兢兢业业和无私奉献的化身。

蓬莱：蓬莱、瀛洲、方丈是中国神话传说里渤海中的三座仙山，具有道教的色彩，泛指人间仙境，代表世人对求道成仙、长生不老的追求，也可以理解为是一种精神寄托。

青鸟：传说中为西山王母取食传信的神鸟，在诗词中，常被当作是传递信息和幸福佳音的使者。

青鸟氏，神话传说中的古官名。此鸟立春鸣立夏止，因此让它掌管立春、立夏。

贾岛

《寻隐者不遇》：隐士，隐士，果然行踪难觅

朋友的新动态

 贾岛

😊不碰巧，又遇不上。

寻隐者不遇

松下问童子，言师采药去。
只在此山中，云深不知处。

♡ 韩愈😊，孟郊😊，李凝，张籍，唐·李洞，唐·孙晟

韩愈😊：你还是这样字斟句酌。

贾岛回复韩愈😊：😊作诗当苦吟，须在字句上狠下功夫。

李凝回复韩愈：那究竟是推字好还是敲字好，我门上那首诗究竟改不改？

唐·李洞：偶像，我要用铜铸您的立像，您就是我的神!

唐·孙晟：偶像,我常画您的画像,早晚都要看一看呢!

< 六 搜一搜　搜索

朋友圈　　文章　　公众号　　小程序

圈子 >

作者：贾岛（779—843）,唐代诗人,字阆(làng)仙,人称"诗奴",与孟郊并称"郊寒岛瘦"。

隐者：指不肯做官而隐居在山野之间的贤士。

诗意：苍松之下我询问隐士的学童,他转告我:我师父去了山中采药。去得不远,一定就在群山之内,只是云雾弥漫,难寻师父行踪。

<　　　👥 附近的人　　　···

孟郊　唐代著名诗人,和贾岛并称"郊寒岛瘦"
韩愈　唐代著名诗人、文学家,贾岛的老师兼朋友
李凝　武宗时宰相,贾岛的朋友。有关"推敲"典故一诗《题李凝幽居》,正是贾岛写在他门上的
张籍　唐代著名诗人、文学家,贾岛的朋友
李洞　晚唐文人,贾岛粉丝
孙晟　晚唐官员、文人,贾岛粉丝

包仔、咕咕私聊

包仔
> 贾岛这个诗人我知道!他是"推敲"典故的主人公。

 咕咕
> 进步了!你来说说,让我看看你知道多少。

包仔
> 贾岛写了"鸟宿池边树,僧推月下门"后,一边骑驴一边思考是用"推"字好还是用"敲"字好,结果没看路撞入了韩愈的仪仗队。韩愈不但没怪罪他,还建议他用"敲"字,因为"敲"字既有动作也有声音。我说得对不对?

 咕咕
> 对极了!古人写诗炼字,除了"推敲"这个典故外,还有很多故事哦!

包仔
> 要听要听!

 咕咕
> 来,进群吧。

字斟句酌群（365）

包仔、咕咕加入了群聊

贾岛
写诗就是要字斟句酌，再辛苦也值得！正所谓"二句三年得，一吟双泪流"。

卢延让
没错！"吟安一个字，捻断数茎须"啊。

杜甫
万分同意！"为人性僻耽佳句，语不惊人死不休。"

齐己
"前村深雪里，昨夜数枝开。"这是我的《早梅》，老觉得有什么地方不对劲又说不出来。

郑谷
@齐己 你这首诗好是好，但如果把"数"字改成"一"字，那就更好了。

齐己
"前村深雪里，昨夜一枝开。"@郑谷 果然好啊，你真是我的"一字师"啊！

包仔
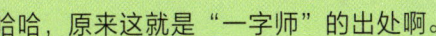哈哈，原来这就是"一字师"的出处啊。

任翻
看我的《宿巾子山禅寺》："绝顶新秋生夜凉，鹤翻松露滴衣裳。前峰月映一江水，僧在翠微开竹房。"写得多好！

字斟句酌群（365）

路人甲
"一江水"不如"半江水"准确。

任翻
啊啊啊，一言惊醒梦中人！确实"半江水"更好！这位高人，请留姓名。

路人甲退出了群聊

任翻
真是高手辈出啊！

王安石
"春风又到江南岸"，哎呀，这个到字太死了！改什么字好呢？又过江南岸？又入江南岸？又满江南岸？好烦啊！我要静静！

王安石
这里景色如画，春草碧绿……有了！"春风又绿江南岸，明月何时照我还？"

包仔
各位大咖已经这么厉害了，还为了一两个字挠破脑袋！十万个赞！

🔍 传说苏轼有一位厉害的妹妹，她的炼字功力还打败了身为大文豪的哥哥呢！

王建

《十五夜望月寄杜郎中》：小心被秋思砸中哦

朋友的新动态

 **王建**

😀我先被秋思砸中了，决意再寄给你，接住咯朋友。

十五夜望月寄杜郎中

中庭地白树栖鸦，
冷露无声湿桂花。
今夜月明人尽望，
不知秋思落谁家。

@ 提醒谁看：杜元颖

♡ 杜元颖，张籍，韩愈😀，白居易，刘禹锡，杨巨源

杜元颖：哈哈哈，收到了！

张籍：老朋友，什么时候出来玩？

韩愈😀回复张籍：你约他倒是主动，我约你就推三阻四。

145

白居易回复韩愈😊：老韩，那事早翻篇了好吧！😤 他也有约我哦。

王建回复白居易：😊 乐天，你太皮了！明知那是老韩心中的刺，你不帮着拔出来，还要再往里戳下去！

张籍回复韩愈😊：😊 老师，别这样，我与仲初是发小嘛。

咕咕😊：😊 包仔，如果你忘了这事，就往回看看《早春呈水部张十八员外》。

六 搜一搜　搜索

朋友圈　　文章　　公众号　　小程序

圈子

作者：王建（768—835），字仲初，唐朝诗人，擅长写乐府诗，与张籍齐名，世称"张王乐府"。

十五夜：指农历八月十五的晚上，即中秋夜。　　**地白**：指月光照在庭院地上的样子。

诗意：月光照得庭院地面一片雪白，树上栖息着寒鸦，秋露无声无息，打湿了院中桂花。今夜明月当空，世人都抬头仰望，不知道这秋夜情思落到了谁家。

杜元颖 即诗题中的杜郎中，王建朋友

张籍 唐代诗人，王建的好友，其乐府诗与王建齐名，世称"张王乐府"

韩愈、白居易、刘禹锡、杨巨源 唐代诗人，王建在长安时的好友

八月十五中秋赏桂群（379）

包仔
求问各位大神，中秋和桂花为什么总会联系在一起呢？

杨万里
那是因为桂花是从月宫里面来的啊。"不是人间种，移从月中来。广寒香一点，吹得满山开。"

包仔
呃，杨伯伯，这是传说吧？

刘禹锡
哈哈哈，那当然是传说。其实是因为八月是赏桂的好季节，桂花在中秋前后开得最灿烂了。"莫羡三春桃与李，桂花成实向秋荣。"

白居易
正因为月宫有桂树的传说，所以我们也就有了蟾宫折桂的说法，用来比喻科举高中。秋闱大比，多数都在八月举行哦。"桂折一枝先许我，杨穿三叶尽惊人。"我中了进士，我堂弟又中了，哈哈。

八月十五中秋赏桂群（379）

皮日休

我们看见中秋时的桂花，都会觉得那是在广寒宫里掉落凡间的。"玉颗珊珊下月轮，殿前拾得露华新。至今不会天中事，应是嫦娥掷与人。"

白居易

《池上(其二)》:我也想偷采一份童趣

朋友的新动态

白居易
熊孩子啊熊孩子,不过我喜欢!

池上(其二)

小娃撑小艇,
偷采白莲回。
不解藏踪迹,
浮萍一道开。

835年·洛阳

♡ 刘禹锡,裴度,令狐楚,李商隐,萧籍,李仍叔,胡杲,吉皎,郑据,刘真,卢贞,张浑,李元爽,如满

裴度:乐天你这宅子实在漂亮。

刘禹锡:就是熊孩子多了点,你也不管。

白居易回复刘禹锡:哈哈,看见他们这么活泼我也有乐趣啊。

崔玄亮 :"病余归到洛阳头,拭目开眉见白侯。"幸好病重回到洛阳时有你。老友，要想念我就抚琴吧。
白居易回复**崔玄亮**😊：😭你走了，微之也走了，身边的朋友越来越少了……
元稹😊回复**白居易**：😭还好，有裴公和梦得在。
陆游🛡：哈哈，两位白乐天的挚友大可放心。"刘白老来忘世味，只思诗酒伴裴公。"

< 🔍 **搜一搜**　　搜索

朋友圈　　　文章　　　公众号　　　小程序

💬 圈子 >

浮萍：水生植物，椭圆形叶子浮在水面，叶下面有须根，夏季开白花。

诗意：一个小孩撑着小船，偷偷地采了白莲回来。可是他不知道怎样掩藏行踪，浮萍上留下了一条船划过的痕迹。

<　　　　👥 **附近的人**　　　　　…

裴度、令狐楚 👤　唐代政治家、文学家，白居易朋友，隐居洛阳时经常会面

李商隐 👤　晚唐著名诗人，白居易极其欣赏他

萧籍、李仍叔 👤　白居易在洛阳时的同僚

胡杲、吉皎、郑据、刘真、卢贞、张浑、李元爽 👤　和白居易同列"香山九老"

如满 👤 洛阳佛光寺的禅师，白居易晚年信佛，如满为白居易之师，"香山九老"之一

住豪宅、养宠物、饮酒作乐群（28）

包仔

> 白爷爷，您在洛阳过得好自在啊，好像都不用怎么干活。

 洛阳养老的白居易

> 如今上头是宦官当道，哪有我们的事？我说自己身体不好，皇上就给了我一个太子宾客分司的闲职。洛阳好啊！我决定了，就在洛阳养老。

包仔

> 我在票圈看了您晒的豪宅图了，好气派啊！用了好多钱买的吧？

 洛阳养老的白居易

> 😁我可是用了大半辈子的积蓄。但我这房子，哪只是钱堆出来的？还花了很多心思！你有看到我种的花草树木吧？

包仔

> 嗯，但有很多都叫不出名字。

住豪宅、养宠物、饮酒作乐群（28）

洛阳养老的白居易
那都是我下班后自己扩建栽种的，有槐树、梧桐、枣树、柳树、桃树、梨树、杏树、樱桃树、桂花、牡丹、芍药、菊花、兰花……

包仔
我还在您票圈看到了大白鹤！

洛阳养老的白居易
那是我离任杭州刺史时带的。

包仔
池上还有船。

洛阳养老的白居易
我离任苏州刺史时带的。

包仔
还有人唱歌跳舞。

洛阳养老的白居易
那是我罢刑部侍郎时得的。

裴度
来来来，老白，今天我们一众人饮酒作乐，谁都不许停。

洛阳养老的白居易
哈哈哈，老友们都上线了，你们快过来啊！

住豪宅、养宠物、饮酒作乐群（28）

刘禹锡
我也能过来了。

洛阳养老的白居易
今天来我这儿，下次去你们那儿哦！

刘禹锡
上次已经去过我那儿了，你这宅子大嘛，玩得舒服。

洛阳养老的白居易
@刘禹锡 梦得，上次我们问川守借马去看花，还了没有？

刘禹锡
@白居易 忘记了，不是你去还吗？

洛阳养老的白居易
@刘禹锡 呃，算了，忘了就忘了吧。再上一次偷船游湖都还没还呢。

刘禹锡
难怪叫我们刘白二狂翁了！跟你混，我这名声是不要了。

裴度
不要了，不要了，都别要了！

包仔、咕咕私聊

包仔
他这么多东西,不会是受贿的吧?

 咕咕
人家白居易曾经打过行贿的人,在离任杭州刺史时还把一笔官俸留在州库之中作为基金,让杭州的官员用来周转,可是个大大的清官!

包仔
那他哪来这么多钱?

 咕咕
人家有俸禄的,而且他声名远播至海外,文章都能卖钱,是中唐真正的大V。他在好哥们元稹去世后写墓志铭,元家给他的润笔费都有六七十万钱,他还全部布施到香山寺了呢。

包仔
有这么夸张?

 咕咕
当然有!他死后,唐宣宗李忱还写了一首诗去悼念他,充分说明了白居易的诗是如何风靡一时的。

吊白居易

缀玉联珠六十年,谁教冥路作诗仙。
浮云不系名居易,造化无为字乐天。
童子解吟长恨曲,胡儿能唱琵琶篇。
文章已满行人耳,一度思卿一怆然。

包仔、咕咕私聊

包仔
佩服佩服！

 **敲黑板喽！意象详解**

　　浮萍：浮萍是一种水草，无根浮水而生，因此常用来感叹漂泊无定的孤独，表达对家乡亲友的思念，如"半世浮萍随逝水，一宵冷雨葬名花""关山难越，谁悲失路之人；萍水相逢，尽是他乡之客"。

　　也正因为浮萍无根，偶尔也有诗人用浮萍来表达对自由、无拘无束生活的向往，如"青青水中蒲，长在水中居。寄语浮萍草，相随我不如"。

　　借浮萍比喻国家的动荡不安及难以把握、不能自主的处境，如"浮萍寄清水，随风东西流"。

　　也有单纯写景，并无托意，如这首《池上》的浮萍。

　　飘絮（飞絮、杨花）与浮萍所寄托的意思相近，因此常被放在一起，如"山何破碎风飘絮，身世浮沉雨打萍"。

《忆江南（其一）》：叫我如何不思念你

全网广播：835年11月，李昂不甘为宦官控制，与李训、郑注等密谋诛杀宦官首领仇士良以夺回权力，事败，宦官大杀朝臣及其家人，史称"甘露之变"。

 **白居易**

老刘，快来依音律填词啊！

忆江南（其一）

江南好，
风景旧曾谙。
日出江花红胜火，
春来江水绿如蓝。
能不忆江南？

@ 提醒谁看：刘禹锡

♡ 刘禹锡，李商隐，萧籍，李仍叔，胡杲，吉皎，郑据，刘真，卢贞，张浑，李元爽，如满

刘禹锡：乐天这词写得好！等我来唱和一首。"春去也，多谢洛城人。弱柳从风疑举袂，丛兰裛露似沾巾。独坐亦

含颦。"

李德裕：哼，我好好一首《谢秋娘》，就是让你这首破词害得以后都叫《忆江南》了。

白居易回复李德裕：哟，你不是说不看我的东西，怕被我打动吗？

刘禹锡回复白居易：哎呀，你们能否不要吵？

搜一搜　　搜索

朋友圈　　文章　　公众号　　小程序

圈子 >

忆江南：唐教坊曲名。作者题下自注："此曲亦名《谢秋娘》，每首五句。"　**谙**（ān）：熟悉。　**蓝**：蓝草，其叶可制青绿染料。

诗意：江南好啊，我对江南的风景已非常熟悉。春天到来时，初升的太阳把江边的鲜花照得比火红艳，碧绿的江水比蓝草还绿。怎能叫人不怀念江南呢？

附近的人

李德裕　唐代政治家，文学家，"牛李党争"李党党魁，不喜欢白居易

包仔、咕咕私聊

包仔

咕咕，这首应该算是词吧，我还以为唐朝的诗人只写诗呢。

咕咕

白居易和他的好朋友刘禹锡，应该算是唐朝那批最早写词的诗人中名声最响的了，这个《忆江南》的词牌，算是他们在洛阳时共同依照教坊曲创作的。后来的人填《忆江南》，基本都按他们定下的平仄规矩。

包仔

连创作都一起，真是好朋友。

咕咕

是啊，白居易、刘禹锡都在很多地方做过官，也很注意收集当地的民歌，从而激发自己的创作灵感，所以他们创作了很多曲词和民歌呢。

咕咕

【白居易K歌群】（263）

刘禹锡
@白居易 这民歌《竹枝》真好听，我写了首你品品。
杨柳青青江水平，闻郎江上唱歌声。
东边日出西边雨，道是无晴却有晴。

白居易
@刘禹锡 梦得唱竹枝，听者愁绝啊。

刘禹锡
哈哈，你也来一首嘛。

包仔、咕咕私聊

咕咕

> 白居易
> 江畔谁人唱竹枝，前声断咽后声迟。
> 怪来调苦缘词苦，多是通州司马诗。

刘禹锡
乐天，想微之了？

> 白居易
> 嗯！

咕咕

微之，就是白居易另外一位好朋友元稹，他曾经被贬为通州司马。虽然白居易和他政见不同，但却是私交极好的朋友。在元稹病死的时候，白居易伤心欲绝，写下了一首著名的悼亡诗。

梦微之
夜来携手梦同游，晨起盈巾泪莫收。
漳浦老身三度病，咸阳宿草八回秋。
君埋泉下泥销骨，我寄人间雪满头。
阿卫韩郎相次去，夜台茫昧得知不（fǒu）？

咕咕

后来，白居易在另外一位好朋友刘禹锡去世时也写了一首悼亡诗，还不忘@一下元稹。

哭刘尚书梦得
四海齐名白与刘，百年交分两绸缪。
同贫同病退闲日，一死一生临老头。
杯酒英雄君与操，文章微婉我知丘。
贤豪虽殁精灵在，应共微之地下游。

14:30　那些刷爆朋友圈的古诗词

包仔

> 我看明白了，是说刘禹锡跟元稹的灵魂可以一起愉快玩耍了。呜呜呜，看得我好想哭啊！我也要念诗！

 咕咕

> 就凭你？

包仔

> 朋友一生一起走，那些日子不再有，一句话，一辈子，一生情，一杯酒。

 咕咕

> 你这是别人的歌词！

<　　🏠　　　　🎧 音频　　　　　⋯　◉

🔍　白居易和元稹这对难兄难弟

《江南春》：江南春景图的正确打开方式

朋友的新动态

 **杜牧**
看风景，细细品。

> ### 江南春
>
> 千里莺啼绿映红，水村山郭酒旗风。
> 南朝四百八十寺，多少楼台烟雨中。

♡ 杜佑😊，杜从郁，吴武陵，崔郾，牛僧孺

杜佑😊：乖孙子，继续研究《孙子》吧，你那十三篇《孙子》注解很有见地，相信你的成就必能与我比肩！

杜从郁：听你爷爷的没错。专注于军事、政事，少谈风月。

吴武陵：牧之，写得好！我果然没看错人！

杜牧回复吴武陵：吴老的知遇之恩，牧之毕生铭记！

崔郾回复吴武陵：想当年吴老的推荐可不是一般的给

力啊。

牛僧孺：过来帮帮我吧。

李德裕：你的平虏之策很好，但请谨慎交友，别为了前程慌不择路。

牛僧孺回复李德裕：

🔍 **搜一搜**　搜索

朋友圈　　文章　　公众号　　小程序

💬 圈子 >

作者：杜牧（803—约852），字牧之，号樊川居士，晚唐杰出的诗人、散文家，与李商隐并称"小李杜"。因晚年居长安南樊川别墅，故后世称"杜樊川"。

郭：指城镇。　　**四百八十**：虚数，形容佛寺数量多。

诗意：辽阔的江南到处莺歌燕舞绿树红花相映，水边村寨、山麓、城郭，处处酒旗飘动。南朝遗留下的众多古寺，如今有多少笼罩在这朦胧烟雨之中。

👥 **附近的人**

杜佑 👤　唐代政治家、史学家，历任德宗、顺宗、宪宗三朝宰相，杜牧的祖父。

附近的人

杜从郁 👤　杜牧的父亲

吴武陵 👤　唐代诗人、文学家，赏识、推荐杜牧

崔郾 👤　时任吏部侍郎，受吴武陵所托，在大和二年（828）主持进士科考试时力荐杜牧

牛僧孺 👤　曾任穆宗、文宗宰相，"牛李党争"中的牛党领袖，杜牧的好友、上司

李德裕 👤　"牛李党争"中的李党领袖。杜李两家本为世交，李德裕曾接纳杜牧的平虏之策。842年，杜牧被外放为黄州刺史，认为是遭李德裕打压所致

吴武陵、崔郾私聊

吴武陵
亲，听说你负责今年的进士科考试，是吧？

 崔郾
 吴老有什么事，直接吩咐就好。

吴武陵
给你看点好东西。

吴武陵
《阿房宫赋》.docx
16KB

吴武陵、崔郾私聊

崔郾

"……明星荧荧,开妆镜也;绿云扰扰,梳晓鬟也;渭流涨腻,弃脂水也;烟斜雾横,焚椒兰也……秦人不暇自哀,而后人哀之;后人哀之而不鉴之,亦使后人而复哀后人也。"好啊!妙啊!

吴武陵

虽然我老了,不中用了,但我的品鉴水平还是很在线的。我把这个人才推给你,你让他排状头,怎么样?

崔郾

哎呀……不瞒您说,头四名都有人了。

吴武陵

那就第五!底线了!

崔郾

吴老您悠着点儿,我答应就是了。

> 包仔
>
> 以前的考试名次还能提前预约？杜牧真得了第五名？

咕咕
后来有人知道吴武陵推荐的是杜牧，就提醒崔郾，说杜牧的品行有问题，不拘小节，喜好烟花风月，经常出入娱乐场所哦。

> 包仔
> 那崔郾就动摇了吗？

咕咕
还好，这位吏部侍郎重视承诺，也确实爱才，说自己已经答应了，就算杜牧是个屠夫或者酒贩也不会改变。

> 包仔
> 但是，杜牧真的像那些人说的那样品行有问题吗？

咕咕
这当中有很多原因，杜牧也有自我反省。我在音频里再跟你细说，他那首"十年一觉扬州梦"的检讨诗吧。

《泊秦淮》：要被割韭菜了，还懵然不知

朋友的新动态 >

杜牧

说你们呢，懂吗！

> **泊秦淮**
>
> 烟笼寒水月笼沙，夜泊秦淮近酒家。
> 商女不知亡国恨，隔江犹唱后庭花。

♡ 杜佑🔔，杜从郁，吴武陵，崔郾，李商隐，牛僧孺，宋·陆游🔔，宋·杨万里🔔，宋·黄庭坚🔔，宋·姜夔🔔，明·杨慎🔔，明·胡震亨🔔，明·徐增🔔，清·沈德潜🔔，清·宋宗元🔔

歌女：🐵 客人叫我唱什么就唱什么，请先生勿要责怪。
杜牧回复歌女： 当然不怪你！不知亡国恨、不思亡国忧的，是座上那些寻欢客！
明·徐增🔔： 商女只是卖唱的人，只负责唱而已，哪知道陈后主因此亡国呢？但牧之隔江听见，有无限兴亡之感，所以写下这首诗。

清·沈德潜🎖️：绝唱啊！

清·宋宗元🎖️：牧之，你叫以后咏叹秦淮的人怎么下笔呢？

咕咕🎖️：这首诗与牧之《阿房宫赋》的最后一句有异曲同工之妙哦。"秦人不暇自哀，而后人哀之；后人哀之而不鉴之，亦使后人而复哀后人也。"

包仔🎖️ 回复咕咕🎖️：这是什么意思呢？

咕咕🎖️ 回复包仔🎖️：意思是，如今哀叹秦朝亡国的后人如果不记住秦亡的教训，那么将来一样会被后世的人哀叹。

🔍 搜一搜 搜索

朋友圈　　　文章　　　公众号　　　小程序

💬 圈子 >

秦淮：秦淮河，长江支流，流经今江苏南京、句容。　**商女**：以卖唱为生的歌女。　**后庭花**：歌曲《玉树后庭花》的简称。南朝陈皇帝陈叔宝（陈后主）沉溺于声色，作此曲与后宫美女寻欢作乐，终致亡国，所以后世把此曲作为亡国之音的代表。

诗意：浩渺寒江之上弥漫着迷蒙的烟雾，皓月的清辉铺洒在白色沙渚之上。入夜，我将船只停泊在秦淮河边，靠近岸上的酒家。卖唱的歌女不懂什么叫亡国之恨，隔着江水仍在高唱着《玉树后庭花》这亡国之曲。

附近的人

徐增 明末清初诗人、画家,撰《说唐诗》,评论杜牧
沈德潜 清代著名学者,著有《唐诗别裁》,评论杜牧
宋宗元 清代著名学者,编著《网师园唐诗笺》,评论杜牧

杜牧狂赞群（82）

李商隐〔唐〕
🐡牧之最棒!
高楼风雨感斯文,短翼差池不及群。
刻意伤春复伤别,人间惟有杜司勋。——咕咕注解：为你的诗文感动,人世间我只服你!

陆游〔宋〕
江南寺寺楼堪倚,安得身如杜牧闲。——咕咕注解：羡慕你啊!

杨万里〔宋〕
不应李杜翻鲸海,更羡夔龙集凤池。
道是樊川轻薄杀,犹将万户比千诗。——咕咕注解：安心当个诗人就算了,别羡慕当官的。别人说牧之轻薄,可在他眼里,万户侯都比不上千首诗呢。

黄庭坚〔宋〕
春风十里珠帘卷,仿佛三生杜牧之。——咕咕注解：我仿佛就是从前的杜牧之……

杜牧狂赞群（82）

姜夔〔宋〕
> 杜郎俊赏，豆蔻词工。——咕咕注解：杜郎鉴赏力高，杜郎文字功底忒好！

胡震亨〔明〕
> 牧之门第既高，神颖复隽，感慨时事，条画率中机宜，居然具宰相作略。——咕咕注解：出身好、脑筋好，关心时政，一针见血，宰相之才！

杨慎〔明〕
> 牧之诗豪而艳、宕而丽，于律诗中特寓拗峭，以矫时弊。——咕咕注解：牧之的诗豪气干云、精致惊艳、跌宕起伏、文辞清丽、不落俗套、针砭时弊、特别带劲……一口气都夸不完！

《赤壁》：谋事在人，成事在天

全网广播：开成五年（840）正月，李昂病危，欲令太子监国。宦官仇士良、鱼弘志等废太子，矫诏立李昂弟李炎为皇太弟。李昂崩，庙号文宗。李炎即位（是为唐武宗），赐死废太子。

杜牧

是输是赢，也看时运。

赤壁

折戟沉沙铁未销，自将磨洗认前朝。
东风不与周郎便，铜雀春深锁二乔。

♡ 沈传师，沈述师，牛僧孺，李商隐，张祜，周墀，裴延翰

南宋·许顗：不说社稷存亡，说两个女人，不识好恶。

清·王尧衢：杜牧精于兵法，也许是觉得周瑜这办法还有点不足。

清·纪晓岚 回复 **南宋·许顗**：大乔是孙策的老婆，小乔是周瑜的老婆，这两个女人被夺，不就是东吴亡国了吗？人家只是不想直说，换个说法而已。

包仔：这东风不是诸葛亮借来的吗？那就应该写成"诸

葛不与周郎便"才对呀。

咕咕 回复 **包仔**：诸葛亮借东风是《三国演义》里为了神化诸葛亮编的，赤壁之战的大功臣就是周瑜和黄盖，跟诸葛亮没多大关系。

六 搜一搜　　搜索

朋友圈　　文章　　公众号　　小程序

圈子 >

周郎：周瑜，字公瑾，东汉末年名将。　　**铜雀**：铜雀台，曹操在今河北临漳建造的一座楼台，住着姬妾歌伎，楼顶有大铜雀，是曹操暮年行乐的地方。

诗意：一支折断了的铁戟沉没在水底沙中，还未被销蚀。我磨洗后发现这是当年赤壁之战遗留之物。倘若不是东风助了周瑜一臂之力，结局恐怕是曹操取胜，二乔被关进铜雀台了。

附近的人

沈传师　唐代书法家，杜牧的好友

沈述师　沈传师的弟弟，邀杜牧撰写《李贺集序》

张祜（hù）　唐代诗人，有"海内名士"之誉，受杜牧礼待，杜牧曾写"何人得似张公子，千首诗轻万户侯"为他鸣不平

周墀　晚唐宰相、历史学家、书画家，赏识杜牧并多次提拔他

附近的人

李商隐 　晚唐著名诗人，与杜牧并称"小李杜"

裴延翰 　杜牧的外甥，将杜牧诗文编成《樊川文集》二十卷

许顗（yǐ） 　著《彦周诗话》，评论杜牧

王尧衢 　著《古唐诗合解》，评论杜牧

纪晓岚 　清代政治家、文学家，《四库全书》总纂官，评论杜牧，反驳许顗的观点

红颜入诗群（18）

大乔
谢先生那么挂心我们两姊妹的命运。

小乔
但历史已成定局，没有如果。

咕咕
还有不少大美人入了杜牧的诗，一起看看吧。

杨玉环
我不用自我介绍了吧？我头上的骂名都能顶上天了。自从做了马嵬坡的冤魂，就再也尝不到新鲜的岭南荔枝，只能读读牧之的《过华清宫绝句》来解馋了。"一骑红尘妃子笑，无人知是荔枝来。"

杜牧
这个……我不是写来让贵妃怀念的。

红颜入诗群（18）

杜秋娘

我是凭一曲《金缕衣》走遍天下的杜秋娘。"劝君莫惜金缕衣，劝君惜取少年时。花开堪折直须折，莫待无花空折枝。"听过吧？先生在金陵遇见我，耐心听我诉说我如何从镇海节度使李锜的小妾变成宪宗皇帝的秋妃，再成为漳王李凑的保姆，最后漳王被废，我被放归故乡的故事，然后就为我写了《杜秋娘诗》。

杜牧

叹你当年风华绝代、才华横溢，如今年老穷困……  因倾一樽酒，题作杜秋诗。愁来独长咏，聊可以自贻。——咕咕注解：作首诗让你吟唱解愁吧。

张好好

我曾经是沈述师家中的小妾，后来与杜御史在东都洛阳重逢，他见我沦为当垆卖酒女，就为我写了首《张好好诗》。

杜牧

想你当年名震四座、风光无限，如今沈公离世，你要独力谋生…… 洒尽满襟泪，短歌聊一书。——咕咕注解：为你落泪，为你赋诗。

咕咕

@包仔 这首诗的书法真迹还保存在故宫博物院，上面还有宋徽宗、贾似道、年羹尧、乾隆帝等一堆名人戳的大印。当年宣统皇帝"北狩"时，仓皇中还要带着这幅诗卷呢。

红颜入诗群（18）

十年之约

我与杜郎有十年之约。他当初见我还小，就先向我娘下聘，说十年之内一定来湖州任职，如果他失约了，我再按照父母的意思另嫁。但杜郎晚了四年，我已经嫁人生子了。

杜牧

😭😭😭为了当上湖州刺史，我真的拼了！但还是赶不上十年之约啊！自是寻春去校迟，不须惆怅怨芳时。狂风落尽深红色，绿叶成阴子满枝。——咕咕注解：花时已过，都结果子了。

《清明》：挑起杏花村争夺战，纯属意外

杜牧

细雨纷纷添人愁啊，喝一杯歇歇吧。

清明

清明时节雨纷纷，路上行人欲断魂。
借问酒家何处有，牧童遥指杏花村。

♡ 杜佑😊，杜从郁😊，吴武陵😊，李商隐，沈传师😊，张祜，牛僧孺

山西代表🔔：杜牧笔下的杏花村里酒肆林立，请问还有哪个杏花村酒肆的名声响得过我们酒乡汾阳的杏花村呢？

安徽代表🔔：这是杜牧任池州刺史时写的，那去的肯定是池州的杏花村啊。

湖南代表🔔：杜牧任黄州刺史时登木兰山必定经过麻城县古镇岐亭杏花村，加上这边的气候、风景、地理位置，

再对应他当时的心境，八九不离十了。来听听我们的村歌《麻城杏花村》吧。

包仔：火花四溅啊！

咕咕 回复**包仔**：还有江苏的南京、徐州等二十几个地方加入了这场争夺战呢。

包仔 回复**咕咕**：最后谁赢了？

咕咕 回复**包仔**：酒的商标权给了山西汾阳，旅游的商标权给了安徽贵池。

六 搜一搜 搜索

朋友圈　　文章　　公众号　　小程序

圈子 >

杏花村：具体位置难以考证，有人说是村庄或酒家的名字，也有人认为是泛指杏花深处的村庄。

诗意：清明时节的江南细雨纷纷飘洒，路上的行人个个失魂落魄。借问当地人何处买酒浇愁，牧童笑而不答遥指杏花山村。

包仔、咕咕私聊

包仔

这首诗就像大白话一样，我一看就懂了。是不是因为这样，所以才集了那么多赞呢？

咕咕
这是其中一个原因。你想想,细雨绵绵,心情会怎样?

包仔
有点郁闷吧。

咕咕
再加上清明本来是一家人踏青、祭拜的日子,他却独自一人远在异乡呢?

包仔
那心情就更糟糕了。

咕咕
所以他想找家酒馆歇歇脚、喝点小酒。而牧童什么也没说,只是遥指了一个地方。遥字好像并不近,但能指出来的也似乎不太远。那牧童指了方向后,他是加把劲赶过去了吗?找到了吗?然后就坐在酒馆里避雨解愁吗?这些在诗里都没有说,但你会忍不住去想。一首好诗,会让你从这首诗打住的地方继续生发无限的想象,让你去脑补接下来的故事。这是杜牧很擅长的做法,例如以下这首诗也有这样的意境。

咕咕

山行
远上寒山石径斜,
白云生处有人家。
停车坐爱枫林晚,
霜叶红于二月花。

包仔、咕咕私聊

咕咕

这首诗也很直白。来个临时小测，你试评一下。

包仔

嗯……当时天气有点冷，他从山底下望上去，山路很陡……生白云的地方，那肯定是在很高的地方了，那里有人住。

咕咕

那么远望过去，怎么知道有人住呢？

包仔

可能是看到房子了吧……或者是，看到房子的烟囱在冒烟……对！那户人家在煮饭。白烟和白云有点像哦，那么他说的白云，会不会是煮饭的白烟呢？

咕咕

有可能哦。不错，继续说。

包仔

他坐着车上山，走到傍晚就停了下来，坐着看枫树林的景色。他很喜欢，因为那些枫叶的颜色比二月的春花更红更艳。我想象到了……其实我没见过枫叶，但是我见过春天的大红花！他坐在红艳艳的枫树林里看日落，落日是红彤彤的，染得晚霞红通通的，照得他的脸也是红扑扑的。哇！我也觉得很享受呢！

咕咕

那你记住了,以后读诗的时候,多想象一下画面。当你心中有画了,你就能体会到更多文字里没说出来的意味了。

包仔

我好像有点明白了……我越来越有信心,我一定能学好古诗!

《乞巧》：乞取智巧，只为追求幸福美满

朋友的新动态

 林杰

这些姑娘把针线穿来穿去，真好玩。

乞巧

七夕今宵看碧霄，
牵牛织女渡河桥。
家家乞巧望秋月，
穿尽红丝几万条。

♡ 林肃，唐扶，郑立之

林肃：🐵儿子，写得不错，继续努力。

唐扶回复林肃：令郎小小年纪已有诗名，今日一见果然如此，奇才啊。

林杰：姑娘们穿针引线，那么我们男孩子呢？应该干什么好？

林肃回复林杰：七夕就是女孩子的节日，你写诗就好，又或者，晒晒书😀。

包仔🐵：七夕不是牛郎织女见面的日子吗？为什么说是女孩子的节日？明明这个节日里有男有女啊。还有，乞巧是什么意思呀？

咕咕🐵回复包仔🐵：在古代，七夕又叫乞巧节，就是乞求变得心灵手巧。🐵我在音频里再告诉你古人过乞巧节的各种习俗吧。

郑立之："才高未及贾生年，何事孤魂逐逝川。"那么有才华，可惜那么年轻就……🐵

六 搜一搜　　搜索

朋友圈　　文章　　公众号　　小程序

💬 圈子 >

作者：林杰（831—847），字智周，唐代诗人。自幼聪慧过人，六岁就能赋诗，下笔成章，又精书法棋艺。去世时年仅十六岁。

乞巧：节日名，在农历七月初七，又名七夕。　　**牵牛织女**：民间传说中的牛郎织女，相传因激怒天帝而分居天河两岸，每年七夕由喜鹊搭桥相会一次。　　**几万条**：虚数，比喻多。

诗意：七夕晚上，望着碧蓝的天空，就好像看见隔着天河的牛郎织女在鹊桥上相会。家家户户都在一边观赏秋月，一边对月穿针乞巧，穿过的红线都有几万条了。

附近的人

林肃 👤　林杰的父亲

唐扶 👤　唐代官员，据说林杰是在其府中看见女眷于七夕乞巧而写出这首诗的

郑立之 👤　唐代诗人，因为哀叹林杰早夭而写下《哭林杰》一诗

七夕斗诗群（163）

落魄江湖的杜牧
哎呀，牛郎织女还可以相会，好过人间不少人了！"天阶夜色凉如水，坐看牵牛织女星。"

老顽童白居易
天上人间都一样。"烟霄微月澹长空，银汉秋期万古同。几许欢情与离恨，年年并在此宵中。"

巴山夜雨李商隐
凡人一旦死别就没法再见了，还是他们好。"争将世上无期别，换得年年一度来。"

苏门弟子秦少游
说得好！须知道"金风玉露一相逢，便胜却人间无数"，所以"两情若是久长时，又岂在朝朝暮暮"。

女道士鱼玄机
你们这些臭男人根本不懂女子的心。"今日喜时闻喜鹊，昨宵灯下拜灯花。焚香出户迎潘岳，不羡牵牛织女家。"

《嫦娥》：左右不是人的孤立寂寥 李商隐

朋友的新动态

李商隐

长夜漫漫，无心睡眠。

嫦娥

云母屏风烛影深，
长河渐落晓星沉。
嫦娥应悔偷灵药，
碧海青天夜夜心。

♡ 柳枝，宋华阳，王氏😊，令狐楚😊，王茂元😊，白居易，杜牧，温庭筠，金·元好问😊

宋华阳：😳我也睡不着。

王氏😊：夫君有何心事呀？

令狐绹：😠哼，轻佻负义。这又是负了哪位女子后的作品？

令狐楚 😊 回复令狐绹：儿呀，看这诗，我觉得义山是有悔意的，让他好好说说吧。

令狐绹回复令狐楚 😊 ：爹，不能心软！他娶了我们对头的女儿，老婆死后还无限怀缅，悔个屁！

李商隐回复令狐绹： 😭 郎君官贵施行马，东阁无因再得窥。

白居易： 😊 义山大才啊，但愿我死后能投胎当你的儿子！

李商隐回复白居易：白老抬爱了！

王茂元 😊 ：贤婿，我这一走就帮不了你了！

杜牧：好诗！

李商隐回复杜牧： 😊 司勋赞誉，受宠若惊！

< 六 **搜一搜**　　搜索

朋友圈　　　文章　　　公众号　　　小程序

💬 圈子 >

云母：一种板状矿物，晶体透明有光泽，古人常用来装饰窗户、屏风。　**长河**：银河。　**晓星**：启明星，金星的古称。　**灵药**：长生不老药。

诗意：烛影摇动，照影着云母屏风，银河渐沉，晨星慢慢从天边消失。月宫里的嫦娥啊，你后悔当年偷吃了长生不死药了吧？如今夜复一夜，只能面对碧海蓝天，凄清孤寂地思念人间。

附近的人

王氏 👤 李商隐的妻子,两人感情深厚

王茂元 👤 "牛李党争"中的李党一员,李商隐的岳父

白居易 👤 高度欣赏李商隐,愿死后投胎做李商隐的儿子,后李商隐为大儿子取名为白老

杜牧 👤 与李商隐并称"小李杜"

温庭筠 👤 与李商隐齐名,时号"温李"

令狐绹 👤 令狐楚的儿子,李商隐的学友,认为遭李商隐背叛而反目

柳枝 👤 李商隐曾在《柳枝五首》的序言中提到与洛阳富商女儿柳枝的一段情事——柳枝听了李商隐的《燕台诗》后心生倾慕,相约见面,但李商隐最终失约

宋华阳 👤 李商隐曾赠诗给她。传闻中,她是李商隐在玉阳山修习道术时的恋人,但两人的恋情不能为外人知。有学者认为,李商隐有多首无题诗正是写给宋华阳的

令狐楚 👤 李商隐的恩师,"牛李党争"中的牛党重要人物

玉溪生啦啦队群(33)

> 包仔
> @唐室宗亲李义山〔唐〕义山伯伯,请问您这诗究竟是写给谁的?

柳枝〔唐〕
当然是写给我的!

宋华阳〔唐〕
嫦娥乃月中仙子,吃药飞升。而我呢,随公主修道求仙!这再明显不过了吧?

玉溪生啦啦队群（33）

义山妻王氏〔唐〕
夫君，她们已经争了不少回了，你还是说清楚吧，省得此群天天为你的诗意而争执。失败的人总是少一分淡定，你懂的。

嫦娥
说我后悔的，有问过我吗？这个下界小子最喜欢做翻案文章，哼！

唐室宗亲李义山〔唐〕
@义山妻王氏〔唐〕 夫人，并非我不想说清楚，实在是太多不可说啊！看不懂的，权当我写自己好了。

元好问〔金〕
诗家总爱西昆好，独恨无人作郑笺。

包仔

元好问〔金〕
我也求翻译！义山的诗确实好，但义山的心意猜不着！太多无题诗，太多隐喻，藏得好深啊！

包仔、咕咕私聊

包仔

> 我还是不知道这首诗究竟写谁！

 咕咕

> 看题目是一首咏嫦娥的诗，但有人认为这是歌咏意中人的私奔，有人认为是感慨自己处境孤寂，也有人认为是歌咏女子学道求仙，还有人认为应当作"无题"来看。

包仔

> 为什么李商隐写诗这么难理解啊？

 咕咕

> 他一生仕途坎坷，很多事情不能直说，就唯有隐喻了。

包仔

> 他是唐室宗亲，文采又好，为什么会仕途坎坷呢？

 咕咕

> 血缘关系太疏远了，对他的仕途毫无帮助，而且他还卷入了"牛李党争"的旋涡。你有没有看到令狐楚和王茂元那两个人？

包仔

> 看到了！

 咕咕

> 令狐楚是李商隐的恩师，是牛党的大人物，但是李商隐在令狐楚死后，就娶了封疆大吏王茂元的女儿，而王茂元是李党老大李德裕的好朋友。微妙啊。

包仔、咕咕私聊

> 包仔
> 那他没有了牛党也有李党啊。

 咕咕
运气不好。他离职回家守孝三年，错过了李党最风光的时期，等他回到朝廷的时候，李党又开始失势了。

> 包仔
> 早知道就不回家守孝了！

 咕咕
在中国古代是很讲究忠孝节义的，要是敢不回家守孝，会被人弹劾到身败名裂！

> 包仔
>  怕怕！

 咕咕
李商隐回朝时去求令狐楚的儿子令狐绹。他本是李商隐的学友，但觉得李商隐背叛了自己的爸爸，当然不会有什么好脸色。所以李商隐写"郎君官贵施行马，东阁无因再得窥"，就是说你现在当大官了，我这个发小想见你都难啊。而李商隐找令狐绹的行为也被李党认为是脚踏两只船，所以李商隐就左右不是人，难有出头日了。

 ### 敲黑板喽！意象详解

嫦娥： 原作"姮娥"，今作"嫦娥"，相传为上古时期东夷部族首领后羿的妻子，因偷吃了后羿从西王母处求来的不死药而奔月成仙，独居月宫，因此嫦娥成了月亮的象征，也常被诗人用来表达孤寂、失意、悔恨的感情。

因嫦娥是高高在上的月中仙子，在某些诗词里，也表达诗人不甘从俗的高洁志向或某种崇高的追求。

另外，嫦娥也常被用以称赞女子的美貌。

"嫦娥奔月"的众多版本一次听个够

《贾生》：别问，问了也是白问

全网广播：845年，李炎下令废佛，令僧徒还俗，史称"会昌灭佛"。846年，李炎去世，庙号武宗。皇叔李忱即位（是为唐宣宗），重新尊佛，李德裕罢相，牛党当权，"牛李党争"结束。848年，张议潮率沙洲人民起义，逐吐蕃守将，自摄州事，遣使上表唐朝廷。

 **李商隐**
欢迎对号入座。

贾生

宣室求贤访逐臣，贾生才调更无伦。
可怜夜半虚前席，不问苍生问鬼神。

848年

♡ 白居易，令狐楚，王茂元，王氏，李德裕，崔珏，杜牧，温庭筠，贾谊

李嗣：十来岁就要你替人抄书舂米帮补家用，为父惭愧啊！

白居易：太戳心了！这何尝不是我？

李德裕：义山啊，你守孝三年，就错过了李党的巅峰时刻，可惜啊！

贾谊：你懂我！

刘恒 😓：我的求贤若渴竟被你拿来讽刺……更可恶的是，再深想一层，你竟是对的！

令狐楚 🤴：😭浪费了我为你部署的大好局面啊！

崔珏：😭虚负凌云万丈才，一生襟抱未曾开。你那么有才华，却只得到这般对待，太不公平了！

< 🔍 **搜一搜** 搜索

朋友圈　　文章　　公众号　　小程序

💬 圈子 >

贾生：贾谊，西汉初期著名的政论家、文学家，力主改革弊政，提出了许多重要的政治主张，却遭谗被贬，一生抑郁不得志。　　**宣室**：汉代长安城中未央宫前殿的正室。　　**逐臣**：被贬谪的臣子。

诗意：汉文帝求贤若渴，在宣室召见被贬谪的贤臣，贾谊的才华和格调确实无与伦比。谈至半夜，汉文帝听得入神，不觉挪动双膝靠近贾谊，但可惜这一切都只是空谈，只因他尽问鬼神之事，只字不提国事民生。

< 👥 **附近的人** ...

李嗣 👤　李商隐的父亲，曾任殿中侍御史、获嘉县令，早逝

贾谊 👤　西汉初年著名政论家、文学家，世称贾生。李商隐借贾谊的故事，以古讽今

附近的人

刘恒 👤 　汉文帝，李商隐借汉文帝讽刺晚唐皇帝专注于服丹药求长生，荒于政事，不顾民生的昏庸做派

李德裕 👤 　唐代名相，李党首领，得到李商隐支持

崔珏 👤 　晚唐诗人，李商隐的好友，在李商隐去世后作《哭李商隐》以表缅怀

包仔、咕咕私聊

包仔
李商隐好悲催啊！

 咕咕
虽然他仕途不顺，但还是有很多粉丝的。宋代李颀在《古今诗话》里记录了这么一个片段：

 咕咕

 酒客甲
酒过三巡，来对诗吧。

 酒客乙
好，就以《木兰花》为题。

 酒客丙
咦？这位老兄气度不凡，跟我们一起耍吧！要是不搭理我们就是看不起我们啊！

李商隐
兄台言重了！我作便是。洞庭波冷晓侵云，日日征帆送远人。几度木兰舟上望，不知元是此花身。

包仔、咕咕私聊

 咕咕

 酒客甲
写得太好了！把漂泊天涯的惆怅说得淋漓尽致！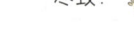

 酒客乙
我们哪里还敢献丑啊？

 酒客丙
敢问老兄是何方神圣？

李商隐
在下李义山。

 酒客丙
什么，您就是李义山！我们真是有眼不识金镶玉啊！

 酒客乙
原来是当今流量爆棚的一线实力巨星李义山！输给您理所应当，终于保住我这玻璃心了！

 酒客甲
今天能见到您本人，我马上瞎了也值啊！

包仔
 还好，也算有点安慰。

《夜雨寄北》：归期未定，先约通宵畅聊

李商隐
我也不知道什么时候才能回家……

夜雨寄北

君问归期未有期，
巴山夜雨涨秋池。
何当共剪西窗烛，
却话巴山夜雨时。

柳仲郢：来我这就对了，保你以后风风光光地回去。
李商隐回复**柳仲郢**：自当竭力辅佐。
郑亚：牛党真是打算把我踢到天边去啊！一贬再贬！连累义山跟我白走了一趟。你现在有好着落了，我才稍微安心。
李商隐回复**郑亚**：我是自愿跟随你去的，反正我对仕途已没什么想法了。
卢弘正：我身体不争气，要不然你应该能有番作为的。

李商隐回复卢弘正😊：我这夹缝中的人，承蒙你不弃，我已万分感激！

王氏😊：我感受到巴山夜雨了，只可惜无法再与你西窗剪烛。

李商隐回复王氏😊：🌷🌷🌷夫人，我李义山此生绝不续娶！

温庭筠：兄弟，我等你回来再聚！

✕ **搜一搜** 搜索

朋友圈　　文章　　公众号　　小程序

💬 圈子 >

寄北：诗人当时在巴蜀，他的亲友在长安，所以说"寄北"。
剪西窗烛：剪烛，剪去燃焦的烛芯，使灯光明亮。

诗意：你问我什么时候回去，我还没有确定的归期。此刻巴山的夜雨淅淅沥沥，雨水涨满了秋天的河池。什么时候我才能回到家乡，在西窗下与你一边剪烛一边谈心，倾诉今宵巴山夜雨中的思念之情。

👥 **附近的人**　　...

郑亚 👤　　时任桂管观察使。847年，郑亚被贬至桂林任职，李商隐主动跟随。一年后，郑亚又被贬为循州刺史，李商隐失去工作

卢弘正 👤 时任武宁军节度使，欣赏、提携李商隐。849年，李商隐受邀到徐州任职，但一年多后，卢弘正病故，李商隐又要另谋出路

柳仲郢 👤 时任西川节度使，欣赏、提携李商隐。851年秋，李商隐受邀担任柳仲郢的参军。855年，柳仲郢被调回京城任职，他又为李商隐安排了一个盐铁推官的职位，虽然品阶低，但待遇比较丰厚

敲黑板喽！意象详解

蜡烛：这是扫淡黑暗的光亮，常用来表达温暖、希望，如"红蜡烛前明似昼，青毡帐里暖如春"。

红烛、洞房花烛代表喜庆、爱情、幸福，如"洞房昨夜停红烛，待晓堂前拜舅姑"。

烛光摇曳，让周遭景物蒙上了一层朦胧、迷离的美感，如"重门敞春夕，灯烛霭余辉"。

蜡烛燃烧自己照亮他人，所以也有奉献的意思，如"春蚕到死丝方尽，蜡炬成灰泪始干"。

点亮蜡烛代表未眠，在某些诗词里也有表达失眠、苦恼的意思，如"云母屏风烛影深，长河渐落晓星沉""秋夜床前蜡烛微，铜壶滴尽晓钟迟"。

烛泪比喻惜别伤离之泪，如"蜡烛有心还惜别，替人垂泪到天明"。

残烛、残灯，比喻衰败的生命或破灭的希望，如风烛残年。

罗隐

《蜂》：值得吗？值得吗？值得吗？重要的事问三遍

全网广播：859年，李忱崩，庙号宣宗，其子李漼（cuī）即位（是为唐懿宗）。同年，裘甫起义。

 **罗隐**

蜜蜂啊蜜蜂，你那么辛劳是为了什么呢？

蜂

不论平地与山尖，
无限风光尽被占。
采得百花成蜜后，
为谁辛苦为谁甜？

859年

♡ 王师范，郑畋，窦滔，云英，罗衮，罗绍威，钱镠

郑畋：是我的女儿错失佳偶。

王师范：你的诗，每一首我都爱不释手啊！

罗绍威：拜见江东生！我以后的诗集就叫《偷江东集》，你不会见怪吧？

窦滔：黄巢起事，天下大乱，快来我池州避避！

罗隐回复窦滔：感激不尽啊！

罗衮：兄弟，听我劝。"何当世祖从人望？早以公台命卓侯。"大势已定，来梁吧，一样可以造福百姓！

钱镠回复罗衮：明目张胆地撬我的人？我好歹也是吴越之王，给点面子哈。

罗隐回复罗衮：不了，谢你的好意，"鹤发那堪问旧游"？

六 **搜一搜** 搜索

朋友圈　　文章　　公众号　　小程序

💬 圈子 >

作者：罗隐（833—910），字昭谏，自号江东生，唐代文学家，著有《甲乙集》等作品。

诗意：无论是在平原还是在山峰，都能看到蜜蜂的身影。然而，蜜蜂啊，你有没有想过，你采尽百花酿成了花蜜，到底是为谁付出辛劳，又想让谁品尝香甜呢？

👥 **附近的人**

王师范 👤　割据青州，极其喜爱罗隐的诗

郑畋 👤　唐代名臣，欣赏罗隐，还想把自己的女儿许配给罗隐

窦滔 👤　池州刺史，曾帮助罗隐在池州安顿下来

云英 👤　罗隐结识的歌女

附近的人

罗绍威 👤　唐末五代军阀，推崇罗隐的诗。罗隐号江东生，罗绍威就把自己的诗集命名为《偷江东集》

罗衮 👤　罗隐宗亲，后梁国开国国君朱温多次招罗隐为官，罗隐不从，罗衮作诗劝勉

钱镠 👤　五代十国时期吴越国开国国君，得罗隐辅佐

包仔、咕咕私聊

包仔
> 咕咕，我想八卦一下罗隐和郑家小姐的事。

 咕咕
> 来，带你吃个瓜。

 咕咕

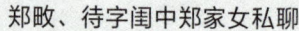
郑畋、待字闺中郑家女私聊

待字闺中郑家女
> 爹，罗隐的诗写得真好，我好喜欢啊！

郑畋
> 呃，女儿……这样吧，我约他过来，你在帘子后看看合不合意。

待字闺中郑家女
> 好！他才华横溢，一定玉树临风，潇洒多情！

郑畋
> 你先看看。

包仔、咕咕私聊

 咕咕

 待字闺中郑家女
他就是罗隐？怎么长相这么古怪！我不要嫁这丑八怪！

郑畋
女儿，你不是称赞他诗才横溢，才情高绝吗？

 待字闺中郑家女
再有才也不嫁！他的诗，我以后不再读了！

包仔
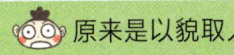 原来是以貌取人！

 咕咕
幸亏罗隐不知道具体情况，要是知道郑小姐是因为他的长相而看不中他，以他的毒舌，不知道会写出什么诗来讽刺。

包仔
 咦，还有瓜？

 咕咕

罗隐、歌伎云英私聊

 歌伎云英
罗君，十二年不见，你高中了没？

罗隐
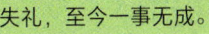 失礼，至今一事无成。

包仔、咕咕私聊

咕咕

> 歌伎云英
> 我还记得，十二年前你扬言今后必定高中而归，怎么如今还是白身？

> 罗隐
> 钟陵醉别十余春，重见云英掌上身。我未成名卿未嫁，可能俱是不如人。

> 歌伎云英
> 你！！！

咕咕

> 这就是成语"云英未嫁"的来由。

包仔

> 十二年都没考上？他一共考了多少次啊？

咕咕

> 据说考了十几次，一直榜上无名，他自己也写诗说"十二三年就试期"，也有人说他是"十上不第"。

包仔

> 太倒霉了！

咕咕

> 嗯，他自己也说"时来天地皆同力，运去英雄不自由"。意思是，好运来时，连天地都会鼎力相助；但倒霉起来，再厉害的英雄也壮志难酬。后来他投靠了吴越王钱镠，晚年才过上比较好的日子。

包仔、咕咕私聊

> 包仔
> 他为什么要投靠钱镠，却不理睬罗衮呢？

 咕咕

> 907年，梁王朱温逼唐朝末代皇帝李柷（chù）禅让皇位，建立了五代十国中的后梁，从此唐就灭亡了。朱温好几次要罗隐当他手下，罗衮也写劝诫诗催罗隐出山，但罗隐作为大唐的臣子，怎么可能答应呢？而钱镠之前就是罗隐的上司，还挺器重他，你是罗隐你选谁？

> 包仔
> 当然是钱镠啦！

 咕咕

> 没错！而且罗隐还劝说吴越王钱镠攻打后梁，为大唐报仇。钱镠本来还以为一直被打压的罗隐会对唐王朝充满怨恨，哪知道罗隐完全不计较个人得失，以道义为重，钱镠因此更加器重罗隐了。

 敲黑板喽！意象详解

蜜蜂：蜜蜂早出晚归，是勤劳、奉献的象征，如"纷纷穿飞万花间，终生未得半日闲""终日酿蜜身心劳，甜蜜人间世人效""但得蜜成甘众口，一身虽苦又何妨"。

蜜蜂非常讲究团队协作，也是团结、自律、忠心的象征。

蜂觉得生命受威胁时会用尾针蜇人，再通过蜂针向被刺者注入毒液，因此也有被用于形容人心的歹毒，如"青竹蛇儿口，黄蜂尾上针"。

据说，罗隐之所以毒舌，是因为玉皇大帝派天神抽走他一身仙骨时，他硬是给自己留下了一张铁嘴

《相见欢·无言独上西楼》：帝王的去国之愁

全网广播：960年，赵匡胤发动陈桥兵变，称帝，国号宋。961年，赵匡胤"杯酒释兵权"。975年，宋兵攻下金陵，江南国主李煜降，南唐亡。976年，赵匡胤在"烛影斧声"中死去，弟赵光义即位（是为宋太宗）。

李煜

想你，难寐！

相见欢

无言独上西楼，月如钩。
寂寞梧桐深院锁清秋。
剪不断，理还乱，是离愁，
别是一般滋味在心头。

李璟：我迁都退避、向宋进贡，你去除唐号、贬损仪制、尊奉宋廷，但躲不过的终归是躲不过！我们越是退让他们越是进逼！难为你还撑了十几年，已经很了不起了！

李煜回复李璟：我只求保全宗庙，宋主竟连那么小的要求都不愿成全！

赵匡胤回复李煜：卧榻之侧，岂容他人鼾睡？你呀，乖乖降宋不就好了吗？非要抵抗！就算现在降了，也只能封你"违命侯"了。

大周后：🙇 哀我早逝，不能陪侍君侧、为君分忧！

小周后：😭 我也帮不了夫君，只能陪着你终日以泪洗面。

赵光义：🙊 看你整天哀哀戚戚的样子，就知道你不服！而我，专治不服！

作者：李煜（937年8月15日—978年8月13日），唐元宗李璟第六子，初名从嘉，字重光，号钟隐、莲峰居士，南唐末代国君，世称南唐后主、李后主。李煜的词对后世词坛影响深远，被称为"千古词帝"。

别是一般：另外一种。还有一个版本是"别有一番"。

词意：我默默无语地独自登上西楼，抬头望天，只见残月如钩。低头望去，梧桐树寂寞地立于院中，幽深的庭院被笼罩在清冷凄凉的秋色之中。那剪也剪不断、理也理不清，让人心乱如麻的正是亡国之苦。这份离愁，如今在我心头却又是另外一种无可名状的滋味啊。

14:30 那些刷爆朋友圈的古诗词

附近的人

李璟 👤 唐元宗，李煜的父亲
大周后 👤 周娥皇，南唐司徒周宗长女，李煜的妻子
小周后 👤 南唐司徒周宗次女，李煜的续妻，宋灭南唐后，与李煜一起被软禁于汴京
赵匡胤 👤 宋太祖，灭南唐，软禁李煜
赵光义 👤 宋太宗，传说毒杀了李煜

包仔、咕咕私聊

 咕咕
这首诗就是在李后主亡国后写的。

包仔
他究竟是怎么输掉自己国家的？

 咕咕
你看看这张简单的过程图就知道。

 咕咕

用北宋的年号，每年进贡，遇重大活动送礼祝贺。
↓
不厌其烦地遣派使者表示我是臣、我服宋。
↓
去除"唐"的国号，我只叫"江南国主"。
↓
只有皇帝才能使用的礼仪、制度，我统统不用！
↓

面见宋使不穿黄袍，穿紫袍官服。
↓
上表宋廷，直接叫我名字就行。
↓
什么？有人告密宋军在荆南造千艘战舰，叫我派人放火烧船？我没听见！我不知道！

包仔

哦——李璟说得没错，他们就是一味退让才会丢了国家的，太懦弱了！

咕咕

但南唐的旧臣不是这么说的。虽然李后主在前期确实纵情声色，生活也非常奢侈，因为笃信佛教还花了很多钱来修建佛寺，但是他减免税收、免除徭役，让百姓休养生息；在尊奉宋廷的时候，还暗中缮甲募兵以备战；在宋与南唐开战后，他就马上与宋断绝邦交，筑城聚粮，坚壁清野，固守城池。

包仔

这有什么用？到最后还不是输了！

咕咕

输是因为实力悬殊。南唐的旧臣徐铉认为，就算诸葛孔明在世也保不住南唐，但你知不知道在开打之后，南唐撑了多久？

包仔

孔明都保不住，估计一打就散架了吧。

包仔、咕咕私聊

咕咕

李后主想拖垮长途行军的宋军,愣是守了一年多。他诛杀了隐瞒战情的将领来鼓舞士气;又积极开展外交,想瓦解宋和吴越的联盟;在他的十几万援兵战败后,他又命部下制作蜡丸帛书向契丹求救。赵匡胤围了金陵很久都攻不下,甚至还打算撤兵休整呢。南唐一位深得宋太祖、宋太宗敬重的旧臣潘慎修说,如果李煜是无能的人,又怎么可能守国十几年呢。

包仔

哦——原来是这样。难怪南唐灭亡之后,李后主会那么痛苦。

咕咕

嗯嗯!他还有一首很著名的词,把这种亡国的痛苦写得淋漓尽致。

虞美人

春花秋月何时了?往事知多少。小楼昨夜又东风,故国不堪回首月明中。
雕栏玉砌应犹在,只是朱颜改。问君能有几多愁?恰似一江春水向东流。

咕咕

话说,这首《相见欢》和《虞美人》都曾被邓丽君唱过哦,你爸爸妈妈、爷爷奶奶肯定都听过。这位千古词帝还有很多传奇故事,譬如他是重瞳,就是一只眼睛里有两个瞳仁。历史上出现过几个有重瞳的名人,包括造字圣人仓颉、西楚霸王项羽等。还有,这位李后主生于七夕,死于七夕,关于他的死也有各种传说,其中一个说法是被宋太宗赵光义毒死的。要是想知道详情,就收听音频吧。

《浣溪沙·一曲新词酒一杯》：时光难留，要惜时啊

全网广播：998年，赵光义崩，庙号太宗。赵恒即位。1022年，赵恒去世，庙号真宗。赵祯即位（是为宋仁宗），刘太后垂帘听政。

晏殊

每当想到好句，我就写在自家墙壁上，待想到后句再续上。现在我有一句——无可奈何花落去，请大家帮我续续。

♡ 赵恒😊，赵祯，欧阳修，范仲淹，韩琦，孔道辅，王琪，王安石，富弼，晏几道🎴

王琪：我试试。似曾相识燕归来。

晏殊回复王琪：好！我喜欢这句！现在完整了，用来填一词。

浣溪沙

一曲新词酒一杯，
去年天气旧亭台。
夕阳西下几时回？
无可奈何花落去，
似曾相识燕归来。
小园香径独徘徊。

赵恒😊：晏同叔十四岁时已经技压众考生，朕赐你同进士出身，果然没有看走眼！

赵祯：有同叔陪读，朕受益匪浅！

晏几道😊：爹，你写这词的时候，我还没出生呢。时间过得真快！我懂您的感叹，时光易逝，想留也留不住。

晏殊回复晏几道😊：没错，但我现在的心境已经不同了。既然留不住，那就"不如怜取眼前人"。

晏几道😊回复晏殊：儿子受教！🤴 看爹的朋友圈，点赞的皆是大宋的股肱之臣，如今政事堂上的大臣有一半都是晏家旧客，我觉得无比自豪！我必定更加严于律己，不敢辱没爹的威名！

🔍 **搜一搜**　搜索

朋友圈　　文章　　公众号　　小程序

💬 圈子 >

作者：晏殊（991—1055），字同叔，北宋名相、著名文学家。晏殊与其第七子晏几道被称为"大晏"和"小晏"，又与欧阳修并称"晏欧"。

浣溪沙：唐玄宗时教坊曲名，后用为词牌名。　　**徘徊**：来回走。

词意：填一曲新词品尝一杯美酒，时令、气候、亭台、池榭依旧，西下的夕阳何时才能回来？花儿总会凋残，让人无可奈何，似曾相识的春燕又归来了。我独自在花香小径上徘徊。

附近的人

赵恒　宋真宗，赏识晏殊，在晏殊十四岁时赐其同进士出身

赵祯　宋仁宗，重用晏殊

欧阳修　北宋政治家、文学家，"唐宋八大家"之一，晏殊的门生，与晏殊并称"晏欧"

范仲淹　北宋著名思想家、政治家、文学家，晏殊的门生

韩琦　北宋政治家、词人，被晏殊引荐

孔道辅　北宋官员，孔子四十五代孙，晏殊的门生

王琪　北宋官员，晏殊的好友，据说为晏殊想出"无可奈何花落去"的下句

王安石　北宋名相、政治家、改革家、文学家，晏殊的门生

富弼　北宋名相、文学家，晏殊的女婿

晏几道　字叔原，号小山，晏殊第七子，北宋婉约派词人代表，与晏殊合称"二晏"

太子陪读群（18）

赵恒

朕打算选晏同叔陪太子读书。朝中大臣都喜欢吃吃喝喝，只有晏同叔埋首读书。另外，还有蔡伯俙。这两个都是神童，人才啊！

晏殊

启禀陛下，我是因为穷才没出去玩，如果我有钱，也会去的。

赵恒

……哈哈哈，好，我选定你了！

太子陪读群（18）

赵祯
宫里门槛太高了，我跨不过，帮我想想办法。

蔡伯俙
小人有办法。小的趴在地上，太子踩着我后背就能跨过去了。

赵祯
老师干得漂亮！

晏殊
请太子专心读书，别总顾着玩。

赵祯
哎呀，我玩够了自然会读。哦，对了，父王要查我作业，你帮我写吧。@晏殊

晏殊
太子，作业一定要自己写，学问一定要自己学。这样，知识才会是自己的。

赵祯

蔡伯俙
太子放心，小的当您枪手。

亲政后

赵祯
如今朕已亲政，@晏殊 请卿家留朕身边辅助！

太子陪读群（18）

赵祯
@蔡伯俙 你去当个地方官吧。

蔡伯俙
陛下，为什么赶我走？微臣当年可是事事顺着您的！

赵祯
我当时年幼不懂事，不分良莠好坏。但现在要治理国家，当然要选正直的人。

蔡伯俙

音频

一生顺遂、福禄名利俱全的富贵闲人，为何死后竟被鞭尸？

《江上渔者》：你爱鲈鱼味鲜，我怜捕鱼艰险

全网广播：1033年，刘太后去世，赵祯亲政。1034年，李元昊多次袭宋。

范仲淹

餐桌上鲜美的鲈鱼都得来不易啊！

江上渔者

江上往来人，
但爱鲈鱼美。
君看一叶舟，
出没风波里。

1034年

♡ 范墉 😊，谢氏 😊，朱文翰，姜遵 😊，赵祯，余靖，尹洙，欧阳修，富弼，蔡襄，梅尧臣，王质，晏殊，孔道辅，包拯

范墉 😊：儿子，你先祖范履冰是唐睿宗时期的贤相，你曾祖、祖父都曾在吴越为官。我跟随吴越王钱俶归宋，虽然官至武宁军节度使，但我一生清廉，两袖清风，连累你们母子在我

辞世后生活无以为继。你母亲逼不得已才带着你改嫁的！如今见你那么关心民间疾苦，颇有祖辈遗风，大感欣慰啊！

谢氏😊：想当年，你知道自己身世后离开朱家到应天府求学，我一路送行，你头也不回。所幸苦读有成，我为你骄傲啊儿子！

姜遵😊：你不仅学识出众，还体恤百姓，好啊！你还是学究时，我就说你不仅能当高官，还能立盛名于世。😊我看人还是很准的！

孔道辅：希文，我支持你！我不怕跟你一起被贬！

欧阳修：希文，贬就贬，我们也不怕！做谏官的不敢直言，还做来干什么！

吕夷简：好好好，我倒要看看，你们要被贬多少次才懂闭嘴。

🔍 搜一搜　　搜索

朋友圈　　文章　　公众号　　小程序

💬 圈子 ›

作者：范仲淹（989—1052），字希文。北宋名臣，杰出的思想家、文学家、政治家、军事家，谥号"文正"，世称"范文正公"。范仲淹两岁丧父，母亲谢氏改嫁长山朱文翰，他更名为朱说，后恢复本名。范仲淹喜好弹琴，但平日只弹《履霜》一曲，故时人称他为范履霜。

诗意：在江上来来往往的人，只爱味道鲜美的鲈鱼。请你看看那一叶小小的渔船吧，它在风浪里时隐时现，多么凶险啊！

217

👥 附近的人

范墉 👤　范仲淹的父亲

谢氏 👤　范仲淹的母亲

朱文翰 👤　范仲淹的继父

姜遵 👤　北宋大臣，极其赏识范仲淹

赵祯 👤　宋仁宗，对范仲淹委以重任

晏殊 👤　北宋名相、婉约派著名词人，举荐范仲淹

富弼 👤　北宋名相、文学家，被范仲淹举荐给丞相晏殊

余靖 👤　北宋政治家，"庆历四谏官"之一，支持范仲淹的"庆历新政"

尹洙 👤　北宋大臣、散文家，是范仲淹的学生和至交

欧阳修 👤　北宋政治家、文学家，"唐宋八大家"之一，"庆历四谏官"之一，支持范仲淹

蔡襄 👤　北宋名臣、书法家、文学家、茶学家，"庆历四谏官"之一，支持范仲淹

王质 👤　北宋官员，支持范仲淹，在范仲淹被贬饶州时，独自抱病送行

包拯 👤　北宋名臣，曾力荐范仲淹提拔的三位人才

梅尧臣 👤　北宋官员，现实主义诗人，范仲淹的诗友

孔道辅 👤　北宋官员，孔子四十五代孙，支持范仲淹

吕夷简 👤　北宋名相，范仲淹的政敌，三贬范仲淹

忠言逆耳群（100）

赵祯
太后要朕与百官一起，在前殿给她叩头祝寿。

直言敢谏范仲淹
家礼和国礼是不一样的，皇上如果要尽孝心，在内宫行家礼就行了，如果和百官一起朝拜太后，恐怕有损皇上的威严。

晏殊
@直言敢谏范仲淹　你太轻狂了！难道不怕连累举荐你的人吗？

直言敢谏范仲淹
@晏殊　我就是不想愧对您的举荐，怕自己不够尽职，从未想过直言进谏会令您获罪！话说，皇上已经二十岁了，干脆请刘太后撤帘罢政，还大权给皇上吧。

吕夷简
@直言敢谏范仲淹　皇上让你去做河中府通判。

赵祯
太后驾崩，群臣议论太后垂帘时施政的过失……

直言敢谏范仲淹
虽然刘太后秉政多年，但也有养护皇上的功劳，还是掩饰太后的过失，成全她的美德吧。

赵祯
那朕再立杨太妃为皇太后，参与军国大事？

忠言逆耳群（100）

直言敢谏范仲淹
> 频立太后，怕有人认为皇上不能亲政。

 赵祯
> 郭皇后误伤朕，有失体统，朕要废后！

直言敢谏范仲淹
> 大宋建国八十多年，从无废后的先例啊！要是皇上执意废后，我与孔道辅等十几名大臣就在拱垂殿外长跪不起！

 吕夷简
> @直言敢谏范仲淹 皇上让你去做睦州知州。立刻离京赴任！

直言敢谏范仲淹
> @赵祯 天下大旱，蝗灾蔓延，  请皇上派人视察灾情。

 赵祯
> 有这必要吗？

直言敢谏范仲淹
> @赵祯 要是宫中停食半日，陛下该当如何？

 赵祯
> 好！你去赈灾，开仓济民！

忠言逆耳群（100）

直言敢谏范仲淹
@赵祯　皇上，看了这幅《百官图》，就能清楚地知道朝中有多少官员是吕相提拔上来的！官吏升迁，应由皇上亲自掌握！

 吕夷简
@直言敢谏范仲淹　你太迂腐了！简直就是越职言事！勾结朋党！离间君臣！

直言敢谏范仲淹
@吕夷简　你培植党羽、任用亲信，还敢说我勾结朋党？

 赵祯

 吕夷简
@直言敢谏范仲淹　皇上让你去做饶州知州，赶紧吧！

直言敢谏范仲淹
去做河中府通判，同僚说我此行极光耀；去做睦州知州，同僚说我此行愈光耀；这次去做饶州知州，同僚又说我此行尤光耀。我都三光了，要是下次再送我，就要备只全羊来做祭了。

 梅尧臣
@直言敢谏范仲淹　看我给你的《灵乌赋》。学报喜之鸟吧，别学乌鸦那样报凶讯而招骂，那些破事就别去说道了。

直言敢谏范仲淹

@梅尧臣 宁鸣而死，不默而生！只要我还有一口气，我就要继续谏！谏！谏！

音频

没有划粥断齑(jī)的艰苦求学，就没有文武兼备的一代名臣

《渔家傲·秋思》：战事未平，不敢还家

全网广播：1038年，李元昊建立西夏国。1041年，宋攻西夏，于好水川大败。1042年，宋增岁币与契丹议和。1043年，范仲淹任参知政事，推行新政，史称"庆历新政"。1044年，宋夏议和。

范仲淹
我还要继续守着！

> **渔家傲·秋思**
> 塞下秋来风景异，衡阳雁去无留意。
> 四面边声连角起，千嶂里，长烟落日孤城闭。
> 浊酒一杯家万里，燕然未勒归无计。
> 羌管悠悠霜满地，人不寐，将军白发征夫泪。

♡ 赵祯，韩琦，尹洙，夏竦，任福😶，狄青，种世衡，滕子京，文彦博，张亢

尹洙：能与希文一同御敌，痛快啊！

任福😶：我要是听你的，就不用魂丧好水川了！

韩琦 回复 任福😶：😱是我一意孤行，不听希文的劝告！是我害了你啊！

赵祯：😊我听闻西夏人说你小范老子胸中有数万甲兵，

不像大范老子那么好欺负。看来，西夏人都忌惮你啊！

范雍：😊😊😊 小范现在能用的人，有不少都是我大范保荐的。

狄青 回复 范雍：叩谢救命之恩！

赵祯 回复 范雍：😢 但是边防不修，数百里边寨被西夏军洗劫啊……

李元昊：😊 议和吧！议和吧！不打了！

赵祯 回复 李元昊：😄 好好好！大宋与西夏当以和为贵！

咕咕：范文正公的这次戍边让北宋与西夏达成和议，意义非凡！这也是范文正公人生中的一次重大转折！他回朝后就发起了大刀阔斧的改革，史称"庆历新政"。想知道他有没有成功，就快点击音频吧！

六 搜一搜　　搜索

朋友圈　　文章　　公众号　　小程序

💬 圈子 >

渔家傲：词牌名，又名"渔歌子""渔父词"等。
千嶂（zhàng）：绵延不绝的山峦。
边声：边塞特有的声音。
燕然未勒：典故"燕然勒石"的反用，指战事未平、功名未立。燕然勒石，指东汉窦宪率兵追击匈奴单于，登燕然山，刻石勒功而还。

词意：秋天到了，西北边塞的风光和江南大不相同。大雁又飞回了衡阳，一点也没有停留之意。黄昏时分，号角吹起，边塞特有的风声、马啸声、羌笛声和着号角声自四面八方回响不绝。连绵起伏的群山里，夕阳西下，青烟升腾，孤零零的边塞之城紧闭城门。

饮一杯浊酒，不由得想起万里之外的亲人。眼下战事未平、功名未立，叫我如何回来呢？远方传来羌笛的幽幽之声，天气寒冷，这里已霜雪满地。夜深了，在外征战的人都难以入睡，我已须发花白，戍边的士兵也流下思乡之泪。

👥 附近的人

韩琦 👤　北宋政治家、词人，范仲淹的好友，与范仲淹共同抵御西夏

夏竦 👤　北宋政治家、文学家，世称夏文庄公，范仲淹的上司，夏为主帅，韩、范为副帅

任福 👤　北宋将领，韩琦的下属。夏竦、韩琦没有听取范仲淹未到反攻时机的劝告，派任福率兵出击，宋军小胜。西夏军假装败退，丢弃大批物资和马匹，引宋军乘胜追击，并在六盘山好水川设伏。任福力战而死，损兵上万

狄青 👤　北宋名将（《水浒传》中提到宋仁宗有文曲星、武曲星辅佐，文曲星是包青天包拯，武曲星就是狄青），被范仲淹委以重任

种世衡 👤　北宋名将，被范仲淹委以重任

滕子京 👤　北宋大臣，被范仲淹委任帅秦州。滕子京曾助范仲淹主持筑捍堤堰；他重修岳阳楼，范仲淹作著名的《岳阳楼记》

文彦博 👤　北宋著名政治家、书法家，被范仲淹委任帅庆州

张亢 👤　北宋名将，范仲淹委任其帅渭州，并曾力保他免受牢狱之灾

李元昊 👤　西夏开国皇帝，久攻不下韩琦、范仲淹所设防线。基于连年征战的耗损及西夏内部的种种矛盾，李元昊与宋朝议和

包仔、咕咕私聊

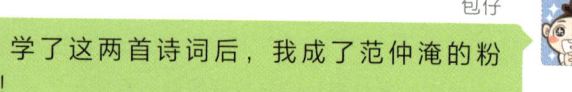
包仔
学了这两首诗词后，我成了范仲淹的粉丝了！

咕咕
你知道下面这两个故事后，可能会更加崇拜他！范仲淹不仅敢说真话、文武兼备，还是一名很好的老师和伯乐呢！

咕咕

游学乞讨孙秀才
学生拜谒先生，向先生学习。

办学兴学范仲淹
你太不容易了！

办学兴学范仲淹
1000文
转账给游学乞讨孙秀才

游学乞讨孙秀才
1000文
已入账

一年后

游学乞讨孙秀才
时隔一年，学生再来拜谒先生，向先生学习。

办学兴学范仲淹
你为何总是匆匆奔讨，不静下心来读书呢？

游学乞讨孙秀才
我要赡养家中的老母亲。若每天能有一百文的固定收入就足够了。

办学兴学范仲淹

> 好!来我的学校任职吧,月薪三千文。不过,你要安心治学,跟我攻读《春秋》,可以吗?

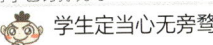 游学乞讨孙秀才

> 学生定当心无旁骛!

 咕咕

> 第二年,范仲淹离开了应天府书院,孙秀才也辞了职。十年后,全国都在议论有位德高望重的学者在泰山广收学生教授《春秋》。这位学者叫孙复。

包仔

> 就是那个孙秀才吗?

 咕咕

> 嗯!范仲淹听说后非常感慨,说要是孙复一直乞讨,那么大宋就失去了一位杰出人才了。然后,范仲淹就举荐了孙复。对于范仲淹来说,他巴不得把所有人才都提拔上去。还有一个小故事是这样的。

 咕咕

> 杭州属县巡检苏麟
>
> @最爱人才范仲淹 近水楼台先得月,向阳花木易为春。

最爱人才范仲淹

> @杭州属县巡检苏麟 哎呀,你经常出差在外,差点就漏掉你了!好,荐了。

> 包仔
> 两句诗就得到了举荐？赚大发了！

 咕咕
> 范仲淹觉得，只要是人才就不能错过。他建了很多学校，培养了很多名师，在晚年还设义田、建义学，提供免费粮食、免费教学给族中子弟。他一生都忧国忧民，他的《岳阳楼记》里有一句话正是他的写照。来，考考你，是哪一句？

> 包仔
> 我知道！"先天下之忧而忧，后天下之乐而乐。"

《登飞来峰》：不畏浮云遮望眼

王安石

无他，就是因为站得高而已。

登飞来峰

飞来山上千寻塔，
闻说鸡鸣见日升。
不畏浮云遮望眼，
自缘身在最高层。

1050年

♡ 王安国，杨寘，曾巩，欧阳修，文彦博，周敦颐

王安国：足见我哥志向高远。
杨寘：与你同榜及第。后来听闻，考官原定你坐榜首，但可惜你卷中有犯忌的话，皇上就将你我对调了。如果真有此事，我相信你再次登顶之日必定不远。

229

曾巩：介甫的诗文仍旧那么有气魄！

王安石回复曾巩：感激子固将我荐与永叔！

欧阳修：年轻有为，看好你！你任鄞县知县时兴修水利、扩办学校，收获不少点赞哦！

王安石回复欧阳修：定不辜负永叔的期望！

文彦博： 介甫坦然接受子固、永叔的举荐，却拒绝我的提拔。

王安石回复文彦博：谢宰相赏识！但越级提拔的风气不可助长！

周敦颐：待有机会，我们再好好切磋经学。

王安石回复周敦颐： 我和子固还有不少学术上的疑惑需要茂叔定夺。

搜一搜　搜索

朋友圈　　文章　　公众号　　小程序

圈子

作者：王安石（1021—1086），字介甫，号半山，人称半山居士。抚州临川人。北宋著名思想家、政治家、文学家，"唐宋八大家"之一。

寻：古代长度单位，八尺为一寻。千寻是虚词，指很高。

诗意：飞来峰顶有座高耸入云的塔，听说鸡鸣时分站在塔上能看见旭日初升。不怕浮云遮住我的视线，皆因我已站在最高的地方。

附近的人

王安国 　王安石的胞弟，与王安石异母之弟王安礼、王安石长子王雱并称"临川三王"

杨寊（zhì） 　中国科举史上少有的连中三元（解元、会元、状元）的才子。与王安石同榜及第，杨寊排第一，王安石排第四

曾巩 　北宋著名文学家、史学家、政治家，王安石同乡，同列"唐宋八大家"。曾巩欣赏王安石的才学，将王安石的文章推荐给欧阳修

欧阳修 　北宋著名政治家、文学家，与王安石同列"唐宋八大家"。曾举荐王安石入仕，后不赞成王安石的变法新政

文彦博 　北宋著名政治家、书法家，时任宰相的文彦博曾向宋仁宗举荐王安石，被王安石拒绝。后反对王安石的变法新政

周敦颐 　北宋思想家、文学家，宋朝儒家理学思想的鼻祖，曾与王安石研讨学问，受王安石敬重

包仔、咕咕私聊

包仔
王安石这首诗说得，好像已经到了目空一切的境界，什么都遮挡不了他。

 咕咕
确实是！不仅浮云遮不住他，就连满桌饭菜，他也好像没看见一样。

咕咕

 旺丁
报告夫人,老爷似乎很爱吃鹿肉丝!

吴氏
 你才来几天就有重大发现哦!

旺丁
我留意几天了,老爷吃饭什么菜都不吃,只吃那盘鹿肉丝。

吴氏
 那盘鹿肉丝摆在什么地方?

 旺丁
老爷跟前啊。

吴氏
那你今天换个位置试试。

 旺丁
夫人,我把鹿肉丝摆在离老爷最远的地方,他好像完全看不到一样,只吃他眼前的菜。

吴氏
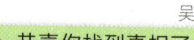 恭喜你找到真相了。

包仔
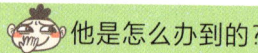 他是怎么办到的?

 咕咕
王安石非常简朴,对他来说,生活标准就是穿得暖、吃得饱。他心无旁骛,目标坚定,所以不会被其他东西分心。既然眼前的菜就能吃饱了,他的筷子为啥还往别处跑呢?

 **敲黑板喽！意象详解**

太阳：是原始人类最早的崇拜和信仰之一，代表着光明、温暖、生机、起源。

太阳光芒万丈，令明月星辰黯然失色，象征着生命的盛年和辉煌的前程。也可反用，比喻不明朗的、黯淡的前程，如"总为浮云能蔽日，长安不见使人愁"；感叹时间易逝，生命短暂，如"朝阳不再盛，白日忽西幽"。

太阳至高无上，是君主、权威的代名词，如"阳和不散穷途恨，霄汉长怀捧日心"。

对太阳的挑战，代表着人类的探索精神和大无畏气概，如大羿射日、夸父追日。

《元日》：旧的不去，新的不来

全网广播：1063年，赵祯崩，庙号仁宗。赵曙即位。1067年，赵曙崩，庙号英宗。赵顼即位（是为宋神宗），诏王安石为翰林学士。1069年，王安石任参知政事，设立制置三司条例司，实行变法，史称"熙宁变法"。

王安石

 新年伊始，万象更新！ 放鞭炮咯！

> **元日**
>
> 爆竹声中一岁除，春风送暖入屠苏。
> 千门万户曈曈日，总把新桃换旧符。

1069年

♡ 赵顼，陈升之，吕惠卿，周敦颐，蔡确，章惇

赵顼：朕相信爱卿的改革必定能彻底改变我大宋积贫积弱的局面！

高太后回复赵顼： 我不知道你在想什么！

赵顼回复高太后：我想国富、兵强、民安！我想老百姓过

上好日子!

文彦博回复赵顼：陛下，给您治理天下的是士大夫而不是老百姓，您听到士大夫反对的声浪了吗？

周敦颐：期待太平盛世的到来！如果我的身体能支撑到那天就好了。

苏洵 😓：不洗脸、不梳头、不换衣服，一身脏乱差，还整天哭丧着脸，这种人有哪个不是大奸大恶的？

苏轼：你……要改也不能瞎改啊！科举考试为什么要废诗词呢？

司马光：你这是在搞事情！

欧阳修：我也不帮你了！

搜一搜　　搜索

朋友圈　　文章　　公众号　　小程序

圈子 >

屠苏：屠苏酒。古人在农历正月初一，一家人合饮屠苏草浸泡的酒，以驱邪避瘟，求得长寿。　　**曈曈**：日出时光辉灿烂的样子。

新桃、旧符：古代人们在农历正月初一时用桃木板写上神荼、郁垒两位神灵的名字（或用纸画上二神的图像），悬挂（或张贴）在门旁，用来压邪。

诗意：在热闹的爆竹声中送走了旧的一年，人们迎着和暖的春风合饮屠苏酒。初升的太阳照耀着千家万户，人们都忙着把旧的桃符取下，换上新的桃符。

附近的人

赵顼（xū） 👤 　宋神宗，信任王安石，放手让他改革

陈升之 👤 　北宋大臣，在变法初期，与王安石共同掌管主持变法的制置三司条例司，后与王安石意见不合

吕惠卿 👤 　北宋宰相，支持变法。早期与王安石情同师徒，但后来想独揽大权，不想王安石回朝

蔡确 👤 　北宋宰相，王安石变法坚定的支持者

章惇 👤 　北宋政治家、改革家，支持变法

苏洵 👤 　北宋著名文学家，与儿子苏轼、苏辙并称"三苏"，"唐宋八大家"之一，坚决反对变法

苏轼 👤 　北宋著名文学家、书画家，"唐宋八大家"之一。反对激进的变法，但后期也承认变法所带来的某些好处。与王安石关系微妙，两人政见不同，但王安石在苏轼落难时主动为他求情

司马光 👤 　北宋著名政治家、史学家、文学家，著《资治通鉴》，坚决反对王安石变法

熙宁变法公告群（500）

王安石

现在由我通告变法内容。
一、青苗法：以政府积存的粮食为基础，粮价贵时低价卖，粮价贱时以稍高价购入。政府贷钱、谷给农民，收成时收回本息，利息二分或三分。
好处：政府有钱了！避免大地主、大财主以高利贷盘剥中小农户，造成小农的土地田宅被兼并。

熙宁变法公告群（500）

王安石

二、均输法：政府按照每年所需物资的情况采购物资，价廉优先，就近优先。
好处：政府省钱了！

王安石

三、保甲法：乡村建立自治组织，登记壮丁，每二丁选择一人在农闲时集中训练。
好处：政府军事实力增强了！

王安石

四、免役法：无须出人服役，每户按照人户、资产多少向国家交钱，再由国家雇人服役。
好处：政府有钱了！谁家钱多就多交钱，公平！普通农户出钱代役，有时间耕田了！受雇服役的人多为无业者，失业人口减少了！

王安石

五、市易法：商品供过于求、价格低廉时，政府以稍高价买入商品；商品供不应求、价格高昂时，政府开放储备物资，接受商人赊货或贷款，令短缺商品投入市场平抑物价，政府收取二分利息。
好处：政府有钱了！既避免商品价格过低伤害中小商人利益；也避免大商人囤积居奇令商品价格过高，伤害百姓利益。

王安石

六、保马法：政府提供马匹及资金让民间自行养马，以备战用。
好处：政府省钱省事了！解决政府统一养马开支大、效率低的问题。

熙宁变法公告群（500）

王安石

> 七、方田均税法：清点全国土地，核实土地所有者，按照土质好坏分五等征税。
> 好处：政府有钱了！农户税负更公平。

王安石

> 八、农田水利法：当地住户根据贫富等级出资兴修水利，也可向政府贷款。
> 好处：政府有钱了！发展农业，增加耕地，保证灌溉。

王安石

> 九、免行钱法：各行各业无须再向地方衙门无偿提供人力、物力，只须根据实际利润，按统一标准向政府交钱。
> 好处：政府有钱了！各行各业免受贪官污吏盘剥。

熙宁变法吐槽群（500）

曾巩
介甫勇于作为，吝于改过，连我这同乡、老友的话都听不进了！

司马光
尽夺商人的利益，这就对了吗？中小农本来就穷，怎么交免役钱？

苏轼
他那人才选拔制度，只重能力，不重人品，提拔了多少投机分子！

熙宁变法吐槽群（500）

郑侠
旱灾失收已够可怜，地方官吏还逼着百姓还青苗法的本息！我已画《流民图》呈给皇上！

开封知府韩维
开封百姓为逃避保甲，情愿自断手腕！

南宋朱熹
这简直是群奸肆虐，流毒四海啊！

南宋罗大经
王安石的罪过等同于秦桧的罪过！

🔍 为什么朝中大多数位高权重的士大夫那么反对王安石变法？真的只是因为变法撼动了他们的利益吗？

《六月二十七日望湖楼醉书(其一)》:迅风疾雨过后便见晴天

全网广播:1070年,王安石为相,推行保甲法、免役法。1071年,改革贡举法,废明经,专以进士一科取士;另设"明法科",考查律令和断案。1072年,推行保马法、方田均税法。

苏轼
游湖喝酒,多好呀!

> **六月二十七日望湖楼醉书(其一)**
>
> 黑云翻墨未遮山,白雨跳珠乱入船。
> 卷地风来忽吹散,望湖楼下水如天。

1072年·杭州

♡ 苏洵😀,苏辙,王弗😀,王闰之,欧阳修,梅尧臣,黄庭坚,张耒,晁补之

苏洵😀:没错,只是过云雨,很快就能重见青天的!😀手动给我儿的心胸点个赞。

王弗😀:我不在你身边,你更要谨慎交友啊!还记得我提醒过你的章惇吗?他果然跟你不是一路人。

苏轼回复王弗😀:😀还是夫人眼光毒!

王弗😊回复苏轼：😊还嬉皮笑脸，愁死了！
王闰之回复王弗😊：姐姐请放心，我会照顾好夫君的！
王安石：你确定只是暂时的过云雨吗？
苏轼回复王安石：😊别多想，写景而已。酒兴一到，我就写了五首。"未成小隐聊中隐，可得长闲胜暂闲。我本无家更安往，故乡无此好湖山。"此乃这个系列的最后一首，请王丞相笑纳。
晁补之：😊通判大人，在下晁无咎，随父亲来杭。见钱塘风物，写下《七述》一书，特来拜谒大人，请大人指教！
苏轼回复晁补之：😊看了你的书，我可以搁笔了。快到我碗里来！
黄庭坚回复晁补之：师弟，比心，我是苏门黄鲁直。
张耒回复晁补之：师弟，比心，我是苏门张文潜。
苏辙：哎呀老哥，先有个黄鲁直，再从我这儿收走了张文潜，现在又来了个晁无咎，门下大丰收啊！

< 🔍 搜一搜 搜索

朋友圈　　文章　　公众号　　小程序

💬 圈子 >

作者：苏轼（1037—1101），字子瞻、和仲，号铁冠道人、东坡居士，世称"苏东坡""苏仙"，北宋著名文学家、书法家、画家，"唐宋八大家"之一，书法"宋四家"之一。

望湖楼：古建筑名，又叫看经楼。位于杭州西湖畔，五代时吴越王钱俶所建。

诗意：乌云翻涌，就如墨汁泼下，却并未遮盖山峦；大雨倾盆，湖面激起的水花如白珠蹦跳，飞溅入船。忽然间狂风卷地而来，吹散了满天的乌云。在望湖楼避雨的我往下一看，西湖已水天相映，波平如镜。

附近的人

王弗　苏轼的结发妻子

王闰之　苏轼的续妻，王弗堂妹

欧阳修　北宋著名政治家、文学家，"唐宋八大家"之一，极赏识苏轼，是苏轼参加科举考试的主考官

梅尧臣　北宋官员、现实主义诗人，被誉为宋诗的"开山祖师"，是苏轼参加科举考试的小试官

黄庭坚、张耒、晁补之　三人皆为北宋文学家，同是苏轼弟子，与秦观合称"苏门四学士"

包仔、咕咕私聊

包仔
原来苏轼还是个好伯乐！

咕咕
没错！苏轼举荐了不少有才华的人。但你知不知道，苏轼是怎么被挖掘出来的？我现在就带你看看。

咕咕

欧阳修、梅尧臣私聊

 梅尧臣
永叔，快看，好策论啊！

 梅尧臣
《刑赏忠厚之至论》.docx
9KB

欧阳修
嗯！妙啊！状元之才！

 梅尧臣
推举他是第一名？

欧阳修
等等……这文章怎么那么像我弟子曾巩写的……万一真是曾巩，怕那些大嘴巴诬赖我徇私……

 梅尧臣
快决定啊！

欧阳修
嗯……第二吧。

嘉祐二年科举考试公告群

 梅尧臣
各位新科进士都进群了吗？

苏轼
进来了。 学生是写《刑赏忠厚之至论》的苏子瞻。

包仔、咕咕私聊

欧阳修
 我摆乌龙了!

梅尧臣
@苏轼 你的文章非常好!但我有一个疑问,请问文中关于尧与皋陶三杀三宥的典故出自哪里呢?

苏轼
曹操灭了袁绍,就把袁绍儿子袁熙的老婆甄宓赐给了自己儿子曹丕。事后,孔融对曹操说,当年周武王伐纣获胜后,将商纣王的宠姬妲己赐给了周公。曹操问孔融,这是哪本经书记载的?孔融回答,我是按照今天发生的事,想当然的。学生跟孔融一样,也是想当然的。

欧阳修
哈哈哈,你善读书,善用书,他日文章必独步天下!

咕咕
欧阳修非常赏识苏轼,后来还说"老夫当避路,放他出一头地也"。

包仔
哦,原来"出人头地"这个成语是这么来的!

《饮湖上初晴后雨（其二）》：你美你美，你怎么样都美

 苏轼

饮湖上初晴后雨（其二）

水光潋滟晴方好，
山色空蒙雨亦奇。
欲把西湖比西子，
淡妆浓抹总相宜。

1073年·杭州

♡ 王闰之，苏辙，黄庭坚，晁补之，张耒

白居易：我有白堤，你有苏堤，代你我长伴如此秀美的风景。

佛印：庆幸十几年后，苏学士再来杭州，为杭州百姓修筑苏堤，功德无量！

苏轼 回复 **佛印**：还认识你这冤家，简直是人生一大快事！

明·杨孟瑛：我接过了白乐天、苏东坡手中的铁锹，为重现西湖的光彩洒了一把汗、出了一份力！

清·王文诰 🤔：这是前无古人，后无来者的名篇！

清·陈衍 🤔：西湖啊西湖，你那西子湖的美誉，全仰仗苏学士的神来之笔啊！

< 六 搜一搜　搜索

朋友圈　　文章　　公众号　　小程序

💬 圈子 >

潋滟：水波荡漾、波光闪动的样子。　**空蒙**：细雨迷蒙的样子。　**西子**：西施，春秋时代越国著名的美女。

诗意：晴天时，灿烂的阳光照得水波荡漾的西湖波光粼粼，美极了；雨天时，群山在雨幕的笼罩下若有似无，又别有一番奇妙的意境。我要把美丽的西湖比作美人西施，因为不管是淡雅的装束还是浓艳的打扮，看起来都那么合适。

<　　👥 附近的人　　...

白居易 👤　唐朝著名诗人，任杭州刺史时，曾在钱塘门外的石涵桥附近修筑了白公堤，如今已无迹可寻。后人为纪念白居易，将白沙堤称为白堤。

佛印 👤　宋代著名禅僧，他是苏东坡任龙图阁学士、杭州知州时认识的好友。

杨孟瑛 👤 明成化二十三年进士，与苏轼一样，曾任杭州知州，并疏浚西湖。

王文诰 👤 清代学者，苏轼粉丝，深入研究苏轼的文学作品，著《苏文忠公诗编注集成》。

陈衍 👤 清光绪八年举人，近代著名文学家，提倡维新，选编《宋诗精华录》。

包仔、咕咕私聊

包仔

我爸妈带我去杭州看过排西湖十景头名的"苏堤春晓"，没想到，这跟苏轼有关！

 咕咕

苏轼第二次去杭州当官时碰上大旱，杭州城里不仅闹饥荒，还闹瘟疫。

包仔

 那怎么办？

 咕咕

苏轼

皇上，臣自愿减免路上供米三分之一，并求赐一百张僧人度牒，换成大米救助饥民！

 赵煦
准！

包仔、咕咕私聊

苏轼
臣想减价出卖常平米，做厚粥和汤药分给百姓。

 赵煦
准！

苏轼
臣自愿拿出五十两黄金，并集中多余的公款二千缗，为杭州百姓办病坊。

 赵煦
准！

苏轼
西湖已被水草吞噬，葑田已占西湖之半，如果再不治理，恐怕二十年后将不复有西湖。臣欲疏浚西湖。

 赵煦
准！

苏轼
挖出的葑草和淤泥不要浪费，用来修筑湖堤吧，再种上芙蓉、杨柳，事成之日定必风景如画。

 赵煦
准！

苏轼
臣经过勘查，发现茅山有一条河专门容纳钱塘江潮水，盐桥有一条河专门容纳西湖水，臣想疏浚这二条河道以通航，再修造堤堰闸门，控制西湖水的蓄积和排泄，让钱塘江潮水不再进入杭州城内。

赵煦
爱卿不必再问,通通都准!

哇!我对苏轼的崇拜犹如滔滔江水连绵不绝,又如黄河泛滥一发不可收拾!
包仔

苏轼与佛印,不是冤家不聚头

《泊船瓜洲》：这条路，还能走多远呢

全网广播：1074年，天下大旱，加之众臣弹劾，王安石被罢相。1075年，宋辽重划河东地界，宋失地七百里。王安石再度拜相。

 **王安石**

我回来了……

泊船瓜洲

京口瓜洲一水间，
钟山只隔数重山。
春风又绿江南岸，
明月何时照我还。

♡ 赵顼，韩绛，王雱，蔡确

赵顼：对，快回来帮朕！

韩绛：王公，看你这诗好像很留恋秀丽的钟山……变法阻力重重，真的很需要你啊！

吕惠卿：哎呀，有王公回来坐镇，我们就稳了。

王安国 😣 ：虽然我不赞成变法，但你始终是我哥！小心你身边的人啊！

王雱回复王安国 😢：叔叔放心，我都记住了！背叛我爹、害死我叔的人，我绝不放过！

司马光： 🐵 我等至暗时刻！

🔍 **搜一搜** 　搜索

朋友圈　　文章　　公众号　　小程序

💬 圈子 >

瓜洲：在今江苏扬州，与京口相对。　　**京口**：古城名，故址在今江苏镇江。　　**钟山**：今南京市紫金山。

诗意：行船停泊在瓜洲岸边，隔江遥望对岸的京口，这里与我居住的钟山也就隔着几座大山而已。和煦的春风吹绿了长江南岸的草木，皎洁的月光何时才能照着我返回家乡呢？

👥 **附近的人**　　　…

韩绛 👤　北宋大臣，见吕惠卿在王安石被罢相后想独揽大权，向宋神宗提议重新召回王安石

吕惠卿 👤　与王安石争夺权位

王安国 👤　王安石的胞弟，因得罪吕惠卿被流放，死于流放途中

王雱（pāng） 👤　王安石的长子，为扳倒吕惠卿而四处收集他的黑材料

253

变法太难诉苦群（10人）

盘庚〔商〕
商朝旧都经常被淹，还很难防御北方、西北各方势力的侵扰，我为了举国上下的生计福祉着想，还要连做三次公开动员，软硬兼施，才劝动那帮"祖宗们"。不管是改什么，都不容易啊！

管仲〔春秋〕
我的变法令齐国坐拥最强国力，但那帮儒家学者，说我刺激商贸、鼓励消费是"以商止战"！明明就是他们儒家轻商！

商鞅〔战国〕
我废除旧制，令秦国成为战国七雄的"大哥"！但主公一死，我就只能到处逃亡，最终落得个五马分尸的下场！

柳宗元〔唐〕
我们风风火火地干，但"永贞革新"只维持了一百多天，我和刘禹锡等几个兄弟都被贬去做司马，没得翻身啊！

范仲淹〔宋〕
我出塞多年，令西夏与我大宋议和，手握这一大功才启动了"庆历新政"。但是，新政只推行了一年就失败了。为了保住自个的蛋糕，他们可是会拼命的啊！

王安石〔宋〕
@范仲淹〔宋〕 深有同感！熙宁变法又何尝不是？那帮保守派恨不得将我碎尸万段！

变法太难诉苦群（10人）

范仲淹〔宋〕
不要艾特我，虽然我提倡改革，但我不赞成你的变法！

王安石〔宋〕
连你也不理解我，我真的太难了！

张居正〔明〕
我主持的"万历新政"令国家中兴，但是我两腿一伸，那帮人就逼死了我儿子！

梁启超〔清〕
哀我百日维新太短命！慈禧发动戊戌政变，皇上被囚，我老师康有为逃到法国，我逃到日本，可怜谭嗣同等戊戌六君子在北京菜市口被斩首示众啊！

敲黑板喽！意象详解

江南：江南是鱼米之乡，象征着富庶、繁华，"西塞山前白鹭飞，桃花流水鳜鱼肥"。

　　江南烟雨迷蒙，带有一份朦胧、迷离的感觉，有一股缠绵悱恻的气质，因此诗人经常用江南来诉说相思意，如"梦入江南烟水路，行尽江南，不与离人遇"。

中国早期的政治中心在北方、在中原，后来被迫南移，因此不少诗篇中的江南，难免带着一点不忿和愁苦的情绪，诗人借江南抒发亡国恨、家国愁，表达逃避、移情甚至放纵自我的无奈，或不甘偏安、势要收复旧山河的志向，如"商女不知亡国恨，隔江犹唱后庭花"。

江南景色秀美、素雅，江南佳丽婉约、精致，皆是美好的象征，如"人人尽说江南好，游人只合江南老"。

《江城子·密州出猎》：尚有少年狂，仍怀报国心

苏轼

哎呀，全城出动，好大阵仗！好，待老夫表演一下！

江城子·密州出猎

老夫聊发少年狂，左牵黄，右擎苍，
锦帽貂裘，千骑卷平冈。
为报倾城随太守，亲射虎，看孙郎。
酒酣胸胆尚开张，鬓微霜，又何妨！
持节云中，何日遣冯唐？
会挽雕弓如满月，西北望，射天狼。

1075年·密州（今山东诸城）

♡ 王大，张三，李婶

苏轼：统一致谢！感谢全城啦啦队为我助威！

王大：叩谢太守亲自下田和我们一起灭蝗除卵！

张三：叩谢太守为我们严治盗贼！

李婶：叩谢太守在全城收养弃儿，救了几千人！

魏尚 😊：好气魄！我魏尚有冯唐为我据理力争，你也会有的。

赵顼：好词！朕信你忠心报国，但你这张嘴就是太欠了……

苏轼回复赵顼：皇上，密州又是旱灾又是蝗祸，老百姓苦不堪言，如果还按新政的规矩来，不知有多少人会饿死或逃走！请免了秋税吧！

王安石回复苏轼：😒 你就是不肯学乖！还要数落新政是吧？那就乖乖留在这儿吧。

< 🔍 搜一搜　搜索

朋友圈　　文章　　公众号　　小程序

💬 圈子 >

江城子：词牌名。　　**聊**：姑且。　　**黄**：黄狗。　　**苍**：苍鹰。　　**千骑**：形容骑马的随从很多。　　**太守**：古代州府的行政长官，这里指自己。　　**亲射虎，看孙郎**：《三国志·吴志·孙权传》记载孙权"亲乘马射虎"，这里是作者自喻。　　**持节云中，何日遣冯唐**：典出《史记·张释之冯唐列传》。汉文帝时，魏尚是云中太守，抵御匈奴有功，却因冒领军功而被削职。冯唐为魏尚辩白，汉文帝即派冯唐持符节去赦免魏尚，恢复魏尚原职。　　**天狼**：天狼星，古人认为天狼星"主侵扰"，这里比喻进犯宋西北边境的西夏军队。

词意：姑且让老夫我展现一下少年的轻狂，左手牵着黄狗，右手举起

苍鹰出去打猎。随从将士戴上锦蒙帽，穿好貂皮裘，浩浩荡荡的马队和随从席卷了平坦的山冈。为了报答全城人跟随我出猎的盛意，我要像昔日的孙权一样亲自射杀猛虎。

喝酒喝到正高兴时，我的胸怀更加开阔，胆气也更加张扬。即使鬓角有点白发又怎样呢？什么时候，您会像汉文帝派遣冯唐拿着符节到云中郡赦免魏尚那样重新起用我呢？到那时候，我一定会拉满弓，对准西北，击退侵扰边境的敌人！

附近的人

冯唐　西汉大臣，历经三朝未被重用，汉武帝想重新起用他时，他已九十多岁。后人用"冯唐易老"，感慨生不逢时或表示年事已高

苏轼、王弗私聊

苏轼

夫人，我在杭州的任期已到，为了离子由近一点，申请调去密州了。反正我这人有意无意间都在拉仇恨，不招人待见，外放远点还更自在。

苏轼

但我没想到，密州的百姓会那么惨！铺天盖地的蝗虫，好像把天给吞了！竟然还有一些地方官员跟我说，蝗虫不是灾害，蝗虫是除草的！岂有此理，当我三岁小孩，以为我在杭州没见过蝗祸吗？

苏轼、王弗私聊

苏轼

> 不止有蝗灾,还有大旱,百姓吃不上饭了,有的把孩子扔了,有的去偷去抢,监狱里想搁只老鼠都搁不下!

苏轼

> 我知道我嘴欠、性子急,新官上任就大刀阔斧,肯定又得罪了不少人!这个时候,我就会想,如果你在,会怎样劝我收敛、小心什么人……

苏轼

> 瞧我这话痨,就是改不了跟你唠几句的习惯……我去睡了。

苏轼

> 我刚才梦见你了!在家乡,你就坐在窗边,一丝不苟地梳妆打扮,把头发梳得光亮,细细描眉,擦胭脂,点绛唇,是想我见了后夸上一句吧?但是当我走了过去,你就只是定定看着我,我也傻傻看着你,什么也没说……夫人啊,十年了!

苏轼

> 十年生死两茫茫,不思量,自难忘。
> 千里孤坟,无处话凄凉。
> 纵使相逢应不识,尘满面,鬓如霜。
> 夜来幽梦忽还乡,小轩窗,正梳妆。
> 相顾无言,惟有泪千行。
> 料得年年肠断处,明月夜,短松冈。

苏轼

> 我再睡个回笼觉,看能不能把梦续上……

"王弗"撤回了一条信息

《水调歌头·明月几时有》：但愿人长久，千里共婵娟

全网广播：1076年，王安石再度罢相，赵顼亲自推行新法。

苏轼

丙辰中秋，欢饮达旦，大醉，作此篇，兼怀子由。

水调歌头

明月几时有？把酒问青天。
不知天上宫阙，今夕是何年。
我欲乘风归去，又恐琼楼玉宇，高处不胜寒。
起舞弄清影，何似在人间。
转朱阁，低绮户，照无眠。
不应有恨，何事长向别时圆？
人有悲欢离合，月有阴晴圆缺，此事古难全。
但愿人长久，千里共婵娟。

1076年中秋 · 密州（今山东诸城）

@ 提醒谁看：苏辙

♡ 苏辙

苏辙：哥，我也正在看着月亮。

苏轼回复苏辙：果然心有灵犀。

苏辙回复苏轼：小时候还能天天一起，跟在你屁股后面跑，跟着你去考试，一起在僧房的墙壁上题诗，还一起及第……反倒是当官之后，想"一起"比登天还难！哦，不对，还剩下一起抬头看月亮咯！

苏轼回复苏辙：你这小子，什么都好，就是想法太悲观了。还记得我给你的那首诗吗？"人生到处知何似，应似飞鸿踏雪泥。泥上偶然留指爪，鸿飞那复计东西。"雪泥鸿爪，虽然鸿偶然留下了痕迹，但终究是要飞走的。顺其自然，才能让我们怀旧的时候少点伤感和烦恼。

苏辙回复苏轼：好，就算飞走是必然的，那我也要在雪泥上多留几个鸿爪！

苏轼回复苏辙：对！虽然难见一面，但我们也要创造机会见面！就像现在，你在邓州，我在密州，怎么都比之前近多了吧？

搜一搜　搜索

朋友圈　　文章　　公众号　　小程序

圈子 >

达旦：到天亮。　　**水调歌头**：词牌名。　　**阙**：古代城墙后的石台。　　**琼楼玉宇**：美玉砌成的楼宇，指想象中的仙宫。
朱阁：朱红的华丽楼阁。　　**绮户**：雕饰华丽的门窗。

词意：明月从什么时候才出现呢？我拿着酒杯遥问苍天。不知道在天上的宫殿，今晚是哪一年。我想乘着风回到天上去看一看，又担心站在那美玉砌成的楼宇上，我受不住高耸九天的寒冷。翩翩起舞，玩赏着月光下自己清朗的影子，月宫哪里比得上人间？

月儿移动，转过了朱红色的楼阁，低低地挂在雕花的窗户上，照着没有睡意的人。明月不应该对人们有什么怨恨吧，可又为什么总是在人们离别之时才圆呢？人有悲欢离合的变迁，月有阴晴圆缺的转换，这事儿自古以来就很难周全。希望人们可以长长久久地在一起，即使相隔千里，也能共赏这美好的月光。

包仔、咕咕私聊

包仔
哇！苏轼和苏辙的感情真好！

 咕咕
嗯嗯，在乌台诗案中，更见他们情比金坚，绝对不是曹丕、曹植那种塑料兄弟。

包仔
在好几首诗里都看到乌台诗案，到底是怎么回事？

 咕咕
乌台是指御史台，因为御史台上种了许多柏树，柏树上又栖息了许多乌鸦，所以又叫乌台。当时苏轼被调到湖州，他循例写了一篇谢表，顺带发了几句牢骚，就被新党的人揪住，把他关进御史台的监狱，还翻查了他寄赠给几位亲友的书信、诗词，找他讽刺新政和皇上的罪证，甚至还说他想谋反。

包仔、咕咕私聊

> 包仔
> 还真找到了？

 咕咕
> 苏轼承认是有讽刺。

> 包仔
> 这种时候还那么坦白！坑死自己了！

 咕咕
> 所以苏辙就提出用自己的官职来保他哥的命！

> 包仔
> 然后苏轼就得救了？

 咕咕
> 没有，皇上不批，还把苏辙贬为筠州酒监，五年不得升调。

> 包仔
> 还坑了兄弟！

 咕咕
> 苏轼觉得自己凶多吉少，就跟大儿子苏迈约定，每天送饭到牢里只送蔬菜和肉，如果判决不好就改送鱼，让他有个心理准备。不巧，苏迈把钱花光了，要出城去借，就托一位远亲替他送饭。

> 包仔
> 不会又刚巧送了条鱼吧？

包仔、咕咕私聊

咕咕

就是那么巧！这条熏鱼让苏轼以为自己死定了，而在这个生死关头，他想到的不是他儿子，而是他弟弟，还一连写了两首诗，其中一句是"与君世世为兄弟，再结来生未了因"。

包仔

还约定生生世世都做兄弟……我要是有这样的兄弟，我也约！

《梅花》：梅的幽香不容她低调

王安石

再怎么躲，我也能认出你来。

梅花

墙角数枝梅，
凌寒独自开。
遥知不是雪，
为有暗香来。

♡ 王门吴氏，王益😊，杨德逢，叶涛，黄庭坚，赵顼

王门吴氏：夫君，既然退休，就好好颐养天年吧。
王益😊：🍼 我儿坚韧，就如凌寒雪梅。
杨德逢：介甫才华卓著，正如梅花的香气，难以掩盖。
谢安😊：😄 我家故址与你的半山园很近，我们也算是邻居了。

王安石回复谢安 😊：我对谢公极为敬仰，常去谢公墩吊唁！我的名与谢公的字正巧相同，缘分啊！

赵顼：介甫，与西夏两次交战都输了！😭 朕的心头，犹如压着千斤巨石，不知还能撑多久！

王安石回复赵顼：圣上，看我的诗，"凌寒独自开"！我曾问您，天下事像煮汤，加一把火，又泼一勺水，能烧得开吗？贵在坚持啊！

🔍 **搜一搜**　搜索

朋友圈　　文章　　公众号　　小程序

💬 圈子 ›

凌寒：冒着严寒。

诗意：那墙角的几枝梅花，正迎着严寒独自盛开。远看就知道它们不是雪，那是因为隐隐传来阵阵香气啊。

👥 附近的人

王门吴氏 👤　王安石的表妹、妻子

王益 👤　王安石的父亲

谢安 👤　字安石，东晋名士。王安石极为敬仰谢安为人，曾写两首《谢公墩》，其中一句是"我名公字偶然同"

杨德逢 👤　王安石二次罢相退居钟山时所结交的一位隐士，人称湖阴先生，是王安石的邻居

叶涛 　北宋著名诗人,王安石弟弟王安国的女婿,支持变法,跟王安石学文辞。王安石曾赠诗《招叶致远》

黄庭坚 　北宋著名文学家、书法家,江西诗派开山鼻祖,与王安石结为忘年交,在文学方面深受王安石影响

包仔、咕咕私聊

包仔

> 王安石是想说自己的才华就像梅花的香气一样,藏也藏不住吗?

 咕咕

> 我也不知道他是不是说自己,但他的才华是大家公认的。他从小是很聪明,喜欢读书,还过目不忘。但他的学问不是靠吃老本吃出来的,不然,他也会变成他笔下的方仲永。

包仔

> 方仲永是谁?

 咕咕

> 是他笔下的一个神童。方仲永家世代耕田,不是什么书香世家,所以他也不知道笔墨纸砚长什么样。但是他五岁那年,突然吵着要这些东西,他爸唯有向邻居借来。哪知道仲永立刻写下一首诗,还题上自己的名字。

包仔

> 那么神奇?没看过、没学过就会写诗?

咕咕

他的同乡都不相信,指定事物让他作诗,他都能马上作出来,而且文采还不错。

包仔

那可真是神童啊!他后来是不是做了大诗人?但我好像没听过他的名字……

咕咕

可惜仲永的爸爸没让仲永继续学习,而是要他到处献宝、赚钱,最后,他就变成一个普通人了。

包仔

啊?那太可惜了!

咕咕

所以王安石说,仲永天赋那么好,因为没有得到良好的教育就变成了普通人,那么,那些本来就不聪明的,如果连后天也不努力,会变成什么样呢?你想想!

包仔

我不要变成那样!咕咕,我有努力跟你学的!

 敲黑板喽！意象详解

梅花：梅花凌寒傲雪，形象高洁脱俗，象征着不屈的精神、顽强的意志和崇高的品格，如"无意苦争春，一任群芳妒。零落成泥碾作尘，只有香如故""不要人夸好颜色，只留清气满乾坤"。

梅花独步早春，传递了春的信息，如"万花敢向雪中出，一树独先天下春"。

梅花散发出淡雅的芳香，让白梅置身于白雪之中也能被辨识出来，借此比喻难以掩盖的才华，如王安石这首《梅花》的"遥知不是雪，为有暗香来"。

《书湖阴先生壁》：我有好邻好景，羡慕吗

王安石

 你家这面墙正合适！

书湖阴先生壁

茅檐长扫净无苔，
花木成畦手自栽。
一水护田将绿绕，
两山排闼送青来。

@ 提醒谁看：杨德逢

♡ 杨德逢，黄庭坚，王门吴氏，叶致远，苏轼，赵顼

杨德逢： 介甫的字让我的墙壁沾光了！

王安石回复杨德逢：我就知道湖阴先生不介意才敢造次。

陶渊明：介甫有一首《示德逢》，开篇就说"先生贫敝古人风，缅想柴桑在眼中"，柴桑是我隐居的地方，看来湖阴先生跟我是同类人啊。

杨德逢回复陶渊明 😊：😊 荣幸之至，又愧不敢当啊！

黄庭坚：😊 我可是亲眼看见王公在壁上的题诗哦！

苏轼：介甫最近可有出外远游？我从黄州调到汝州，路过金陵，约吗？

王安石回复苏轼：哎呀，稀客！约！约起来！

包仔 😊：啊？王安石跟苏轼不是死对头吗？

咕咕 😊 **回复包仔** 😊：😊 私聊告诉你。

🔍 搜一搜　　搜索

朋友圈　　文章　　公众号　　小程序

💬 圈子 >

成畦（qí）：成垄成行。　　**水**：指玄武湖。　　**两山**：指钟山和覆舟山。　　**排闼**（tà）：开门。闼，小门。

诗意：茅舍庭院由于经常打扫，洁净得没有一点青苔，花木规整，成行成垄，都是主人亲自栽种的。庭院外一条小河环绕、护卫着大片碧绿的禾苗，两座山峰仿佛要推开门，给主人送上满山的青翠。

包仔、咕咕私聊

包仔
> 我不懂！苏轼不是反对王安石变法吗？而且还被王安石挤对，被贬到很远的地方啊。

 咕咕
> 他们的政见是不同，但他们也是拥有大智慧的人啊。所以当苏轼身陷乌台诗案命悬一线时，已经退隐的王安石主动上书皇帝，为苏轼求情，说哪有在盛世杀才士的道理啊！宋太祖曾经立了规矩，不能杀士大夫和上书进谏的人，就是说不能让人因言获罪。王安石上书的作用可不能小瞧啊！

包仔
> 哦——王安石救了苏轼，所以他们就成朋友了？

 咕咕
> 其实，他们只是在变法这个问题上有不同的看法，但对对方的为人和才学是认可的。后来，苏轼从黄州平调到汝州，路过金陵，就有了朋友圈那一出了。王安石亲自去接苏轼，两人同游钟山，走的时候，苏轼还说没试过这么玩的，新鲜啊，荣幸啊，不舍得啊！

 咕咕
> 后来苏轼还写诗给王安石，说"劝我试求三亩宅，从公已觉十年迟"，意思是你叫我置点田地，我应该早十年就跟你隐居了。

包仔
> 哇哇哇，世纪大和解啊！

包仔、咕咕私聊

 咕咕

 教你一句鲁迅的诗吧:"渡尽劫波兄弟在,相逢一笑泯恩仇。"

《卜算子·送鲍浩然之浙东》：望你与春光同住

朋友的新动态

 **王观**
鲍兄慢走！祝福你！

> **卜算子·送鲍浩然之浙东**
>
> 水是眼波横，山是眉峰聚。
> 欲问行人去那边？眉眼盈盈处。
> 才始送春归，又送君归去。
> 若到江南赶上春，千万和春住。

@ 提醒谁看：鲍浩然

♡ 鲍浩然，王安石

鲍浩然：千万和春住，这是我收到的最美好的祝福！

王观回复**鲍浩然**：离乡背井久方知在家千日好，真羡慕你能回乡啊！

王安石：不错不错！以眼喻水，以眉喻山，情趣盎然，妙趣横生。

王观回复王安石： 老师谬赞！

搜一搜　　搜索

朋友圈　　文章　　公众号　　小程序

圈子 >

作者：王观（1035—1100），字通叟，宋代词人，与秦观并称"二观"。历任大理寺丞、江都知县、翰林学士等，被罢官后自号"逐客"，从此一生布衣。

卜算子：词牌名。　　**浙东**：唐代在今浙江省地区设江南东道，以钱塘江为界把江南东道划分为浙江东路和浙江西路，浙江东路简称浙东。　　**盈盈**：美好的样子。

词意：水像美人流动的眼波，山如美人蹙起的眉毛。想问行人去哪里？到山水交汇的地方。刚送走了春天，又要送你回去。假如你到江南时正好赶上春天，千万要把春天的景色留住啊。

附近的人

鲍浩然　生平不详，王观的朋友，家住浙东

王安石　北宋名相，王观的老师

高太后

清平乐
黄金殿里，烛影双龙戏。
劝得官家真个醉，进酒犹呼万岁。
折旋舞彻《伊州》，君恩与整搔头。
一夜御前宣住，六宫多少人愁。

高太后

@王观 这首词是你写的吧？

王观

禀太后，是的。这是微臣奉诏作的应制词。

高太后

奉诏又怎样？就可以写那么不知所谓的词吗？写皇上醉酒，还给妃子簪头？成何体统！什么叫六宫多少人愁？做皇上身边的人，心里没个数吗？难道还要皇上取悦她们每一个？你分明在讽刺皇上！

王观

微臣不敢！

高太后

你明天就给我滚蛋！

王观

太后，就因为这首词？

大宋人事任免群（263）

高太后
还不够吗？

王安石
@王观　依我看，太后不待见你，是因为你是我门生。太后要打的是我的脸。

高太后
哼！

王观
@王安石　老师多虑了！是微臣有损皇上威严！我走！

《浣溪沙·游蕲水清泉寺》：何须感叹时光飞逝

全网广播：1081年，宋五路攻夏，收复兰州古城。1082年，宋五路攻夏失败。

苏轼

黄州东南三十里有个沙湖镇，又叫作螺师店。我在那儿买了几亩田，但查看田地时不慎得了病。听说附近有个叫庞安常的麻桥人，虽然耳聋，但医术高明，于是就去找他治病。病好之后，跟他同游清泉寺。当然了，免不了又多喝了几杯。

浣溪沙

游蕲水清泉寺，寺临兰溪，溪水西流。
山下兰芽短浸溪，松间沙路净无泥。
萧萧暮雨子规啼。
谁道人生无再少？门前流水尚能西！
休将白发唱黄鸡。

1082年·清泉寺

@ 提醒谁看：庞安时

♡ 庞安时，陈慥，苏辙，黄庭坚，王诜，司马光，徐大受，孟震，王闰之，王朝云

庞安时：😀 难为你了！跟我这聋子一起玩，要麻烦你事事都要迁就我。

苏轼回复庞安时：😀 我写你看，很方便啊。我用手当嘴巴，你用眼当耳朵，我们两个都是当代的怪人。

陈慥：东坡，什么时候也去我那耍耍吧，好久不见了。

苏轼回复陈慥：你不说我也会来蹭吃！😀 只是，你要保证尊夫人别使出狮吼功哦。

苏轼：看到受我牵连的朋友给我点赞，不胜唏嘘啊！在此，向所有受累的朋友致以最深切的歉意！因为我，有的被削爵，有的被贬官，有的被罚红铜数十斤，这张账单，不知我何年何月才能还清啊！

王诜回复苏轼：😀 被削爵的飘过，并打算让你欠一辈子哈。

司马光回复苏轼：😀 被罚红铜二十斤的飘过，先记账。

< 🔆 搜一搜　搜索

朋友圈　　文章　　公众号　　小程序

💬 圈子 >

浣溪沙：词牌名。　蕲（qí）水：县名，今湖北浠水。
清泉寺：寺名，在蕲水县城外。　萧萧：形容雨声。
唱黄鸡：黄鸡报晓，表示时光的流逝。

281

词意： 山脚下兰草新抽的幼芽浸润在溪水中，松林间的沙路被雨水冲洗得洁净无泥，傍晚时分，松林间的杜鹃鸟在潇潇细雨中啼叫。谁说人老不能回到少年时？门前的溪水还能向西奔流呢！所以，不必在年老时感叹时光飞逝！

附近的人

庞安时 　字安常，被誉为"北宋医王"，为苏轼治病而相识，成为好友

陈慥（zào） 　字季常，苏轼的好友，晚年隐居于黄州歧亭

王诜（shēn） 　北宋画家，驸马，苏轼的好友，在乌台诗案中受牵连

司马光 　北宋政治家、史学家、文学家，在乌台诗案中受牵连

徐大受 　苏轼被贬黄州时的黄州知州，赏识、包容苏轼

孟震 　苏轼被贬黄州时的黄州通判，赏识、包容苏轼

王朝云 　苏轼的侍妾，曾笑指苏轼"一肚子不合时宜"

苏轼、陈慥私聊

苏轼
> 季常，这一聚，真开心，但也有点担心。

 陈慥
> 担心什么？

苏轼、陈慥私聊

苏轼
> 我是戴罪之身,已经连累很多亲友了,你不怕吗?

 陈慥
> 我就一介布衣,还能将我怎么样?怕什么?

苏轼
> 但我怕啊!

 陈慥
> 你怕什么?

苏轼
> 我怕再被关进大牢,就不能跟你喝酒了。话说,我们刚认识的时候,还不如现在那么好呢。

 陈慥
> 当然啊,你当时老跟我爸打嘴仗,我也要顾及他老人家的感受啊。你这人也真是的,嘴欠!以前得罪我爸,现在又得罪我老婆!

苏轼
> 我哪敢得罪嫂夫人呀?

 陈慥
> 那你写什么"忽闻河东狮子吼,拄杖落手心茫然"?现在路人皆知"河东狮吼",都说我老婆是悍妻,说我陈季常怕老婆!

苏轼
> 我说错了吗?请问你的侍妾进门了吗?

苏轼、陈慥私聊

陈慥
好像……没有吧。

苏轼
哈哈哈，好像？还说你不怕老婆？

陈慥
我老婆只是嗓门大一点而已……

苏轼
好好好！我信你！我知道你不怕，不然你也不会继续请我上门喝酒，还每次都送我几十里路才回家。兄弟，我苏轼这辈子可能也就这样了，别无所求，但求跟你做一辈子的朋友！请收下这诗。

　　送君四十里，只使一帆风。
　　江边千树柳，落我酒杯中。
　　此行非远别，此乐固无穷。
　　但愿长如此，来往一生同。

黄州公务群（3）

黄州团练副使苏轼
@黄州知州徐大受 @黄州通判孟震 我怎么说也是在两位管辖下的犯官，两位在我票圈点赞，不怕被某些人揪住，说你们与犯官过从甚密吗？

黄州知州徐大受
 不点赞怎能说明我已尽了审阅监督的职责呢？

黄州公务群（3）

黄州通判孟震
不亲密怎么知道你小子在想什么、干什么？怎么做你思想工作？最重要的是，怎么揪你小辫子？

黄州团练副使苏轼
哎呀，那就要多搞搞团建，多提升亲密度了！我有一肚子诗词和故事，两位有酒就行了。

黄州知州徐大受
@黄州团练副使苏轼 我怎么听说，你小妾说你是一肚子不合时宜呢？

黄州团练副使苏轼
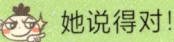她说得对！

 敲黑板喽！意象详解

松柏：松柏耐寒，象征着坚韧不拔，如"凌风知劲节，负雪见贞心""岁不寒无以知松柏""君不见拂云百丈青松柯，纵使秋风无奈何"。

松柏长青，代表着非凡的生命力，如"草木秋死，松柏独存""松柏之茂，隆冬不衰""岁老根弥壮，阳骄叶更阴"。

松柏挺拔，寓意正直、傲岸、卓尔不凡，如"时人不识凌云木，直待凌云始道高""白首归来种万松，待看千尺舞霜风"。

松柏高耸入云，带有一股脱俗的仙气，因此常与隐士、仙人相关联，如"松下问童子，言师采药去。只在此山中，云深不知处"。

苏轼有多潇洒，他的挚友就有多胆大！

《定风波·莫听穿林打叶声》：一蓑烟雨任平生

朋友的新动态 >

苏轼

三月七日，沙湖道中遇雨。雨具先去，同行皆狼狈，余独不觉。已而遂晴，故作此。

定风波

莫听穿林打叶声，何妨吟啸且徐行。
竹杖芒鞋轻胜马，谁怕？一蓑烟雨任平生。
料峭春风吹酒醒，微冷，山头斜照却相迎。
回首向来萧瑟处，归去，也无风雨也无晴。

1082年

♡ 陈慥，庞安时，潘酒监，巢谷，郭药师，古农夫，徐大受，孟震

陈慥：竹杖芒鞋更能显出东坡兄那股潇洒劲儿。

郭药师：东坡兄经常上山采药，醉走山路，自然淡定。

巢谷：东坡居士，我给你耕地建屋！

古农夫：东坡居士完全没有偶像负担，还帮我们找水源！能成为你的邻里，我简直觉得种出来的瓜菜都特别甜！

潘酒监：东坡还帮我们改掉了溺女婴的陋习，是多少孩子的再生父母啊！

庞安时：我要感谢东坡研制的东坡肉和东坡汤！世间的美妙和乐趣，我虽无法用耳朵感受，但能用舌头品尝。

苏轼：苏某在此统一感谢各位邻里朋友！我一个犯官，穷得叮当响，你们不但不嫌弃我，还帮我盖茅屋、种麦子，教我药理，为我治病，我只是尽我所能报答各位的恩情！

🔍 **搜一搜** 　搜索

朋友圈　　文章　　公众号　　小程序

圈子

余：我。　　**已而**：不久。　　**定风波**：词牌名。　　**芒鞋**：草鞋。　　**料峭**：微寒的样子。

词意：不用在意那穿林打叶的雨声，何妨放开喉咙吟唱从容而行。拄着竹杖，穿着草鞋，轻捷得胜过骑马，有什么可怕的？披一身蓑衣，任凭风吹雨打，照样过我的一生。
春风微凉，吹醒我的酒意，稍稍有点冷，但山头的斜阳却适时相迎。回首来时风雨潇潇的情景，我信步归去，哪管接下来是风雨还是放晴。

附近的人

巢谷 👤 苏轼同乡，曾在黄州帮苏轼耕地建屋，后得知苏轼兄弟被贬至岭南、海南，又不远千里追随，不幸在途中病死

潘酒监 👤 苏轼谪居黄州时的朋友

郭药师、古农夫 👤 苏轼谪居黄州时的邻里

苏轼豪放词赏析群（500）

包仔
我太喜欢这首《定风波》了！说出了我的心声！

 咕咕
看来你学了那么久，终于有点心得了。快说说！

包仔
因为我也不喜欢打伞啊！书包装那么多书，本来就重死了，还要多塞把雨伞进去！所以每逢下雨，我就觉得自己忒潇洒，然后就像这诗里写的那样——谁怕！微冷！归去！

咕咕
   你还没抓住神髓。

周瑜
 还是等我来赏析吧。东坡居士的豪放词，我最喜欢的是这一首：

念奴娇·赤壁怀古

大江东去，浪淘尽，千古风流人物。
故垒西边，人道是，三国周郎赤壁。
乱石穿空，惊涛拍岸，卷起千堆雪。
江山如画，一时多少豪杰。
遥想公瑾当年，小乔初嫁了，雄姿英发。
羽扇纶巾，谈笑间，樯橹灰飞烟灭。
故国神游，多情应笑我，早生华发。
人生如梦，一尊还酹江月。

包仔
哦，我知道了，因为这首词写的是你！

 周瑜
我是好奇。 "羽扇纶巾，谈笑间，樯橹灰飞烟灭"，东坡明明不在现场，却好像身临其境一样。

包仔
还不承认是因为被夸。

 周瑜
我固然觉得自豪，但我最喜欢的是第一句："大江东去，浪淘尽，千古风流人物。"再叱咤风云又如何？还不是要随大江东去？还不是要被巨浪淘尽？就算是惊涛骇浪，拍岸的时候，都会碎成一粒粒细屑般的水花。

包仔
所以……苏轼说，人生如梦？也就是说，都不用当真吗？

周瑜
真是真的，但不用那么在意。曾经成功，不代表一本万利；偶尔失败，也不代表一输到底。所以，成功了，不要沾沾自喜；失败了，也不必垂头丧气。

🎵 音频

🔍 听苏轼来辩：不会做菜的吃货不是一个好文豪

《卜算子·黄州定慧院寓居作》：寂寞就寂寞呗，我愿意

苏轼
清幽的禅院，总能让我心境平静。

> **卜算子·黄州定慧院寓居作**
>
> 缺月挂疏桐，漏断人初静。
> 谁见幽人独往来，缥缈孤鸿影。
> 惊起却回头，有恨无人省。
> 拣尽寒枝不肯栖，寂寞沙洲冷。

♡ 佛印，道潜，惠勤，大通禅师，维琳方丈

道潜：听说你谪居黄州，我来陪你！你我就像当年在杭州那样，以诗唱和。

苏轼回复道潜：你不远千里而来，我唯有隆情盛意接待！

惠勤：你在杭州踏遍城郊三百多个寺院，看来到了黄州也依然如此。

佛印：你这个最喜欢在清规戒律边缘试探的捣蛋鬼，快交代，又惹毛了多少得道高人？

苏轼回复**佛印**：哎呀，我这分明是在巩固各位大师的道行啊！

大通禅师回复**佛印**：阿弥陀佛，我已经被他巩固过了。

维琳方丈回复**佛印**：哈哈哈，他就是我们的考验。

六 搜一搜　　搜索

朋友圈　　文章　　公众号　　小程序

圈子 >

卜算子：词牌名。　　**定慧院**：一作"定惠院"，一作"定惠寺"。在今湖北黄冈东南。　　**漏断**：深夜。漏，古代用滴水来计时的器具。　　**缥缈**：隐隐约约，若有若无。　　**省**（xǐng）：理解，明白。　　**沙洲**：江河中由泥沙淤积而成的陆地。

词意：弯弯的钩月悬挂在疏落的梧桐树梢；夜阑人静，漏壶的水早已滴光。有谁见到幽居的人独自往来，仿佛天边孤鸿缥缈的身影。孤鸿突然惊起又回过头来，心有怨恨却无人理解。它在寒冷的树枝间穿梭徘徊，不肯栖息于任何一棵树，情愿降落在沙洲上忍受凄冷孤寂。

附近的人

道潜 北宋诗僧，苏轼的好友

惠勤 杭州西湖北面宝云山上的诗僧，苏轼曾作《腊日游孤山访惠勤惠思二僧》

大通禅师 杭州净慈寺僧人，苏轼的好友

维琳方丈 苏轼的僧友，在苏轼临终前，从杭州赶往常州陪伴

包仔、咕咕私聊

包仔：苏轼怎么有那么多和尚朋友？

咕咕：因为苏轼喜爱寻访僧人研究佛法。

包仔：那苏轼又为什么喜欢惹毛他们呢？

咕咕：他性格不拘小节，又爱开玩笑。例如有一次，他明知老朋友大通禅师一向持法严谨，常人入见都要先斋戒沐浴，他却偏偏带着个歌伎去拜访，气得老朋友黑脸。然后，他就马上写了首词，让那个歌伎吟唱：

师唱谁家曲，宗风嗣阿谁？
借君拍板与门槌。我也逢场作戏、莫相疑。
溪女方偷眼，山僧莫眨眉。
却愁弥勒下生迟。不见阿婆三五、少年时。

包仔、咕咕私聊

意思是,大师你继承的是哪一派的宗法,我借用你说法传经的道具,也能说得像模像样。我才偷看了你一眼,你别皱眉啊。只怪这里的师父都生得太迟了,没见过平时来这儿烧香拜佛的老太婆年轻时的模样。大通禅师听完就笑了。

包仔

啊?他笑什么呢?

咕咕

为什么被年轻女人看一眼就皱眉呢,老太婆不是女人吗?她们没年轻过吗?被谁看,本质是一样的,破不破戒,看的是修行人的心啊。苏轼就是用这么调皮的方法,和老朋友完成了一次关于修行的交流。

包仔

 哈哈,原来苏轼还真是各位高僧的考验啊!

《题西林壁》：当局者迷，旁观者清

苏轼

 从黄州谪迁汝州，有老友道潜同行，途经九江，干脆在庐山走一转吧。

> **题西林壁**
>
> 横看成岭侧成峰，远近高低各不同。
> 不识庐山真面目，只缘身在此山中。

1084年 · 庐山西林寺

♡ 道潜，苏辙，黄庭坚，米芾，陈慥，范纯仁，文与可

道潜： 西林寺的墙壁表示受教了。

范纯仁： 再愚蠢的人，对别人提出要求时，往往看得很清楚；而再聪明的人，容忍自己错误时，往往是很糊涂的。这正是子瞻说的"不识庐山真面目，只缘身在此山中"啊。

苏轼回复范纯仁：你常教育子弟"以责人之心责己，恕己之心恕人"，我真是万分佩服！

文与可😊：庐山的千种形态，值得画一辈子！

苏轼回复文与可😊：表兄的画更值得收藏一辈子！

米芾：或许庐山山脉的各种走势也能融入书法之中……

苏轼回复米芾：哈哈哈，你这书法痴！元章，就凭你这股钻劲儿，一定能成功的！

搜一搜　　搜索

朋友圈　　文章　　公众号　　小程序

圈子 >

题：书写，题写。　　**西林**：西林寺，位于江西庐山。　　**缘**：因为。

诗意：从正面、侧面看庐山山岭连绵起伏、山峰耸立，从远处、近处、高处、低处看都呈现不同的样子。之所以辨不清庐山真正的面目，是因为我正身处庐山之中。

附近的人

米芾（fú） 👤　北宋著名书法家、画家，与苏轼、黄庭坚、蔡襄合称"宋四家"，经苏轼点拨后潜心苦练书法，书法造诣突飞猛进

范纯仁 👤　范仲淹次子，北宋大臣，人称"布衣宰相"，苏轼的好友

文与可 👤　文同，字与可，北宋著名画家、诗人，苏轼的表兄

咕咕
这朋友圈里的米芾,我一定要跟你说说。

包仔
他是什么大人物吗?

 咕咕
他是让苏轼甘拜下风的人。给你回顾一下他们第一次见面。

 咕咕

苏轼
你这小子的字风樯阵马,沉着痛快,真不错!听我一句,去学晋人的书法吧。

 米芾
我信您!

苏轼
来,帮我把这观音纸贴墙上,给你画幅画。

 米芾
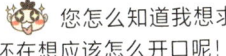 您怎么知道我想求字求画?我还在想应该怎么开口呢!

 咕咕
　　苏轼喝好了,一高兴,又提点又写字又送画。苏轼的提议,为米芾打开了通向书法大家之路的大门。米芾也很努力,他说自己写字是在刷字,通常一幅字写个三四遍只有两三个字是他满意的。就这么刷了二十年,他临摹的字帖能够以假乱真,同时他又能自成一体。

包仔、咕咕私聊

包仔
那苏轼是怎么承认自己被米芾超越的？

 咕咕

流放儋州摘椰子的老苏
好怀念元章写的字啊，绝对是排毒圣品！只要看一看，就能把我在这儿染上的瘴气毒素都逼出来了！

建中靖国元年（1101）苏轼获赦

 金山山民
欢迎苏学士！留幅墨宝吧！ 请苏学士给我们

老苏从儋州回来了
有元章在，还用我题字吗？他已经青出于蓝了！

 刷字二十年的米芾
 老苏，你真懂我啊！

包仔
哈哈，米芾这口气，是真觉得自己超越了苏轼哦。

 咕咕
没错！在这二十年里，他还曾批评过苏轼的一些书法作品呢。 当然咯，唐朝的、魏晋的书法大家，也被他批评过。

包仔
刷这朋友圈刷了那么久，我发现，这圈里散发的，都是一股狂人的气息。

300

《惠崇春江晚景(其一)》:鸭下水而知春江暖,一叶落而知天下秋

全网广播:1085年,赵顼崩,庙号神宗。赵煦即位(是为宋哲宗),太皇太后高氏听政,起用司马光为相,尽废新法。

苏轼

疯狂安利惠崇画的《春江晚景》!美得我心痒,要题诗一首。

惠崇春江晚景(其一)

竹外桃花三两枝,
春江水暖鸭先知。
蒌蒿满地芦芽短,
正是河豚欲上时。

1085年

@ 提醒谁看:惠崇

♡ 惠崇,米芾,黄庭坚,陈慥,王闰之,苏辙

惠崇:题了鸭戏图,可别忘了飞雁图哦。

苏轼回复惠崇:马上有!

两两归鸿欲破群,依依还似北归人。
遥知朔漠多风雪,更待江南半月春。

> 搜一搜 搜索
>
> 朋友圈　　文章　　公众号　　小程序
>
> 圈子 >

蒌蒿：一种小草，可食用。　**芦芽**：芦苇的幼芽，可食用。　**河豚**：一种鱼，肉质鲜美，但其卵巢和肝脏有剧毒。每年春天，河豚逆江而上，在淡水中产卵。

诗意：竹林外两三枝桃花初放，在水中嬉戏的鸭子最先察觉到初春江水的回暖。河滩上已经长满蒌蒿，芦苇也开始抽芽，而河豚此时正要逆流而上，从大海洄游到江河里产卵。

北飞的大雁就像要回到北方家乡的人那样，对这里的春光依依不舍，差一点就掉队离群了。它们远隔千里就已知道北方的沙漠多风雪了，还是再在江南享受半个月的大好春光吧。

> 附近的人

惠崇 👤 福建建阳僧，"宋初九僧"之一，能诗能画，苏轼的僧友

> 音频

🔍 苏轼的路人缘为什么那么好呢？

《赠刘景文》：别灰心，一年中最好的景色就要到了

苏轼
会好起来的！

赠刘景文

荷尽已无擎雨盖，
菊残犹有傲霜枝。
一年好景君须记，
最是橙黄橘绿时。

1090年

@ 提醒谁看：刘季孙

♡ 刘季孙，黄庭坚，陈慥，苏辙，巢谷，米芾，张耒

刘季孙：谢子瞻的鼓励和举荐！

苏辙：与哥静待橙黄橘绿时。

黄庭坚：陪老师共赏橙黄橘绿时。

陈慥：与子瞻共醉橙黄橘绿时。

米芾：与子瞻同书橙黄橘绿时。

巢谷：橙黄橘绿时，我未必在；但荷尽菊残时，我随传随到。

章惇：新旧两派都不待见你，恐怕你只能看见荷尽菊残的景色！

苏轼回复章惇：子厚，你果然是杀人不见血啊！

⬅ 六 **搜一搜**　搜索

朋友圈　　　文章　　　公众号　　　小程序

💬 圈子 >

诗意：荷花凋谢，就连雨伞似的荷叶也枯萎了；菊花凋败，但菊枝依然傲寒斗霜。一年中最好的景致你一定要记住，那就是在橙子金黄、橘子青绿的秋末冬初时节啊。

⬅　　　👥 **附近的人**　　　. . .

刘季孙 👤　字景文，苏轼的好友，被苏轼力荐

章惇 👤　北宋中期政治家、改革家，苏轼年轻时的好友，因政见不同而渐行渐远

包仔、咕咕私聊

包仔
> 那个章惇是谁？怎么说话那么恶毒？

 咕咕
说出来你可能不相信，他可是苏轼年轻时的好哥们！

 咕咕

 章惇
子瞻，咱去户外拓展吧。

苏轼
> 我要带个铜锣，要是像上次那样遇到老虎，我就学你敲锣吓虎。

 章惇
子瞻，前面那悬崖峭壁太飒了，你的字好，过去给我哥俩签个到吧。

苏轼
> 你玩我呀？就一独木桥，我腿一抖就下去给阎王写每年的述职报告了！

 章惇
 看我的！

苏轼
> 你这就过去了！连自己的命都不顾，别人的更不放在眼里！你以后肯定会杀人！

王安石变法

 章惇
你站谁？

苏轼
> 反正不站王安石。

包仔、咕咕私聊

章惇
友尽!

乌台诗案

宰相王珪
苏轼在诗里说自己是蛰龙,就是有不臣之心!

章惇
那诸葛卧龙也有不臣之心吗?

宰相王珪
怎么扯到诸葛亮了?

章惇
你说,你是不是想苏轼团灭?

宰相王珪
我……我不是,这是别人说的……

章惇
别人说你就信?别人的口水你咋不吃?

章惇被贬岭南

章惇
@苏轼 你弟苏辙弹劾我,你不管吗?

苏轼
啊?我不知道啊!

章惇
你会不知道?哼!

包仔、咕咕私聊

宋哲宗亲政，章惇任宰相

 章惇
@苏轼　别怪我不客气，你去岭南歇歇吧。

苏轼
哎哟喂，惠州百姓夹道相迎。

苏轼
葛优躺ing。日啖荔枝三百颗，不辞长作岭南人。

 章惇
@苏轼　那你去儋州摘椰子吧！

苏轼
子厚，你是真要弄死我啊？

宋徽宗继位，苏轼被召回

 广州粉丝
苏大神，我是您粉丝！之前听到传闻，说您在海南死了，害我哭成泪人了！

苏轼
我是真的挂了！但在阴曹地府遇见章惇，一生气，就回来了！

 广州粉丝
他是离死不远了！他得罪了皇上，被贬到雷州了。

苏轼
 什么？

苏轼

@章惇 女婿，我弟在雷州过了一年，那边没什么瘴气，别担心。安慰一下你岳父他娘！

章惇被罢相，苏轼北归至镇江

 章援

老师，我知道我爹当年太狠了……

苏轼

都过去了！我和你爹四十多年交情，就算中间有什么变故，我们的感情也还在。别担心，那边寒热适中，多备点家常用药，我给你列张清单。

包仔

如果我有这样的朋友，我就是人生赢家！

 咕咕

 你已经是了！